I0638042

*Este libro
es tu pasaporte
para viajar por
el tiempo.*

*¿Podrás subsistir
en los tiempos
de la exploración de África?
Pasa la página
para averiguarlo.*

Títulos Publicados:

LA MAQUINA DEL TIEMPO 12

En busca de las fuentes del Nilo

Robert W. Walker

Ilustraciones: **José González Navaroo**

J. T. Colby & Company, Inc.
Fournisseurs d'instruments et
d'accessoires de voyage
dans le temps™

Habent sua fata libelli

Agradecimientos especiales a Ann Hodgman, Judy Gitenstein,
Anne Greenberg, Robin Stevenson y David Harris.

Copyright © 1986 Byron Preiss Visual Publications.
Todos los derechos reservados.
"Time Machine" es una marca registrada de Byron Preiss Visual
Publications, Inc. Registrada en la Oficina de Patentes y Marcas
de EE. UU.

Este libro no puede reproducirse, ni total ni parcialmente, por
ningún medio sin autorización: bricktower@aol.com

Diseño mecánico: Studio J.
Composición tipográfica: David E. Seham Associates, Inc.
Pintura de portada: William Stout.
Diseño de portada: Alex Jay.
Diseño del libro: Alex Jay.

Editoras: Ann Weil y Ruth Ashby

J. T. Colby & Company, Inc.
Manhanset House
Dering Harbor, New York 11965-0342
bricktower@aol.com
bricktowerpress.com

ISBN: 978-1-59687-053-6
2025

¡ATENCIÓN, VIAJERO A TRAVÉS DEL TIEMPO!

¡Eres una persona de suerte! Sí, en este momento tienes en tus manos una... ¡máquina del tiempo! En efecto, este libro es tu máquina del tiempo. No lo leas todo seguido, del principio al fin. Dentro de un momento recibirás instrucciones para cumplir una misión, una empresa especial que te llevará a otro período de tiempo. A medida que te enfrentes a los peligros de la historia, la máquina del tiempo te irá presentando opciones de adónde ir o de qué hacer.

El presente volumen contiene también un banco de datos para informarte en qué época vas a vivir. Puedes utilizarlo para desplazarte con mayor seguridad a través del tiempo. O bien tomar tus decisiones sin consultarlo. Tú eres el único responsable.

IMPORTANTE

Al final de este libro hay una lista de datos. Contiene sugerencias para ayudarte si no estás seguro de qué camino has de emprender. Este símbolo aparece al lado de todas las elecciones para las cuales existe una sugerencia en la lista de datos.

Con objeto de terminar tu misión lo más de prisa posible, y con éxito, puedes emplear a la vez el banco de datos y la lista de datos.

Hay una conclusión correcta para esta misión. Debes llegar a ella... o ¡arriesgarte a quedar perdido en el tiempo!... y recuerda que tienes a tu disposición el banco de datos y la lista de datos.

LAS CUATRO REGLAS PARA VIAJAR A TRAVÉS DEL TIEMPO

Cuando empieces tu misión, debes observar las reglas siguientes. Los viajeros por el tiempo que no las cumplen se arriesgan a quedar perdidos en él para siempre...

1. No mates a ninguna persona ni animal.

2. No intentes cambiar la historia. No dejes nada del futuro en el pasado.

3. No lleves a nadie contigo cuando franquees la barrera del tiempo. Evita desaparecer de un modo que asuste a la gente o la haga sospechar.

4. Sigue las instrucciones que te dé la máquina del tiempo y elige entre las opciones que te ofrezca.

TU MISIÓN

Tu misión consiste en retroceder a la década de los setenta del siglo diecinueve para buscar el nacimiento del Nilo, el grandioso río egipcio.

Durante siglos las selvas húmedas de Africa Central, llamadas el Congo, fueron un misterio para el mundo exterior. Un puñado de audaces exploradores afrontó el riesgo de tribus orgullosas, trampas y enfermedades para penetrar en unas regiones del continente que no figuraban en ningún mapa. A través de periódicos y libros, millones de personas de Inglaterra y Estados Unidos siguieron las proezas de los exploradores. El hombre que encontrara el nacimiento del Nilo se haría rico y famoso, y escribiría una página importante de la historia.

A los grandes exploradores se les atribuyen muchos descubrimientos importantes. ¿Qué explorador encontró el nacimiento del Nilo, premio anhelado desde los tiempos de los faraones?

Para activar la máquina del tiempo, pasa la página.

VIAJE A TRAVÉS DEL TIEMPO ACTIVADO.
Listo para el equipo.

EQUIPO

Para emprender tu misión en la era de los grandes descubrimientos en África, necesitarás un equipo de campamento y de exploración fabricado en 1871.

Tu equipo incluye: mochila y cantimplora, brújula, farol, cuerdas, alimentos, fósforos y cubiertos. También llevarás un cuchillo de hoja ancha llamado machete.

Vestirás ropas campestres africanas, casco de explorador y botas de excursionista.

Además, llevarás una foto de Henry Stanley para poder reconocerlo.

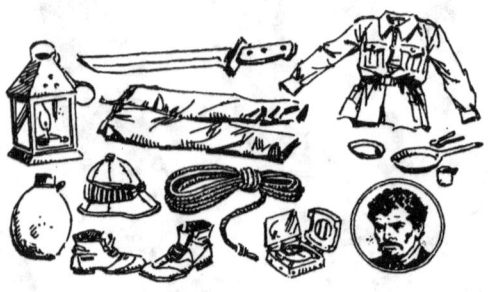

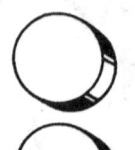

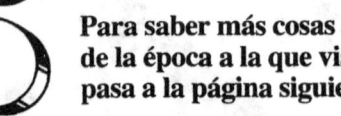

**Para empezar tu misión,
pasa a la página 1.**

**Para saber más cosas acerca
de la época a la que viajarás,
pasa a la página siguiente.**

BANCO DE DATOS

Estos datos sobre Henry M. Stanley y sobre África a finales del siglo diecinueve te ayudarán a concluir con éxito la misión.

1. Stanley nació en Inglaterra y se crió en Estados Unidos. En 1871 llevó a cabo su primera expedición por África en busca del Dr. David Livingstone, el misionero-explorador desaparecido.

2. La última posición conocida de Livingstone lo situaba, cinco años atrás, en una zona en la que jamás había entrado un occidental. Dirigía su propia expedición para descubrir el nacimiento del Nilo.

3. Posteriormente Stanley realizó tres expediciones más, en su mayoría para explorar el río Lualaba, antes de retirarse a Inglaterra.

4. Sir Richard Burton fue otro explorador de África. Él y su compatriota John Hanning Speke fueron los primeros blancos que vieron y trazaron un mapa del lago Tanganika, que Burton consideraba el nacimiento del Nilo.

5. En cierto momento Speke se separó de Burton y descubrió un lago aún mayor —el lago Victoria—, al que inmediatamente consideró el nacimiento del Nilo.

6. En toda África, sólo un río nace en el norte y llega hasta el océano: el Nilo.

Mapa de África
en 1870

Río Nilo

Río Congo

Lago Victoria

Boma

Ujiji

Lago
Tanganika

Bagamoyo

Zanzíbar

7. La ciudad de Gondokoro era la más septentrional que alguien hubiera pisado subiendo Nilo arriba desde su desembocadura. Como el agua siempre desciende, había que deducir que el nacimiento del río debía estar a una altura superior a la de Gondokoro.

8. Los negreros europeos, norteamericanos y árabes solían atacar aldeas africanas y capturaban hombres, mujeres y niños para venderlos como esclavos. Los negreros tenían armas, y los nativos que intentaban resistir eran asesinados. Por este motivo la mayoría de los africanos odiaban y temían a los blancos.

BANCO DE DATOS AGOTADO. PASA LA PÁGINA PARA EMPEZAR TU MISIÓN

 Cuando aparezca este símbolo, no olvides que, para orientarte, puedes consultar la lista de datos que hay al final de este libro.

ESTÁS hundido hasta las rodillas en un río helado y turbulento. Tus botas de excursionista están empapadas. Tiemblas. Miras a tu alrededor y no puedes creer en lo que ves. A poca distancia se alza una gran mansión blanca, rodeada de jardines primorosamente cuidados. Las plantas que ves se parecen a las flores y a los arbustos de tu tierra. No parecen tropicales. Un grupo de personas juega al cróquet en el verde césped.

Piensas que no puedes estar en África y preguntas en voz alta:

—¿También se juega al cróquet en África?

Uno de los jugadores, un muchacho de tu edad, suelta el mazo y se te acerca.

¿Cuándo llegaste? ¡No te esperábamos hasta la semana que viene! ¿Por qué has venido vestido de safari? Esas ropas no sirven para nada en Furze Hill.

—¿Furze Hill?

Te das cuenta de que el chico te ha tomado por otra persona.

—¡Claro, así llamamos al viejo lugar, Furze Hill!

—¿Dónde está el Nilo?

El chico ríe.

—¡Lo estás vadeando! Mis padres siempre llamaron Nilo a este río, pero debo decirte que entre éste y el verdadero Nilo media un abismo —puntualiza el muchacho—. Supongo que estás enterado de la muerte de mi padre. Allá está su tumba. Me imagino que te gustará verla. Todos vienen a visitarla.

Sales del río con las botas chorreantes y respondes pesaroso:

2

—Lamento la muerte de tu padre. A juzgar por el aspecto de esta mansión, diría que fue un hombre importante.

—¡Ya lo creo! Pero tú deberías saber que mi padre, Henry Stanley, fue uno de los principales exploradores de África —intentas disimular tu sorpresa—. ¿Ves aquel estanque de patos? —entrecierras los ojos y ves unos patos que flotan en un estanque cercano—. Se llama Estanque Stanley —ríe—. Supongo que si tuviéramos una fuente, mamá la llamaría Manantial Stanley. Así se llaman los lugares que mi padre descubrió. Los africanos apodaron a papá *Buala Matari* —añade con orgullo.

—¿*Buala* qué más?

—Es un nombre africano... Todos se enteraron en Inglaterra cuando papá murió.

—¿Inglaterra? ¿Quieres decir que estoy en Inglaterra? —inquieres sorprendido.

—¿Dónde demonios crees que...? —el hijo de Stanley te mira con recelo—. Supuse que, como tantos otros, habías venido a ver la casa de papá y su tumba en el cementerio... ¡Pero debiste de darte un buen golpe en la cabeza!

—¿En qué año estamos?

—En 1905 —responde lentamente mirándote receloso—. ¿Estás bien? Cerca hay un hospital... Me refiero a si necesitas... atención médica. No eres el primo de Rodney, ¿verdad?

Te das cuenta de que te has equivocado de época. A lo lejos divisas el campanario de una iglesia. Piensas que sería un sitio ideal para franquear la barrera del tiempo.

—Lo siento mucho, pero tengo que irme. ¡Encantado de haberte conocido!

Corres hacia la iglesia mientras el hijo de Stanley se reúne con sus amigos e invitados.

Al llegar a la iglesia, te das cuenta de que debes pasar junto al pequeño cementerio, que se extiende a un lado. Es semejante a cualquier otro, y está rodeado por una cerca blanca. Lo único que lo distingue es una inmensa lápida mortuoria situada en el centro. No se trata de una lápida común. Es una piedra de granito casi de tu tamaño.

Supones que es la lápida mortuoria de Henry M. Stanley, pero desde esa distancia no puedes leer la inscripción. A decir verdad, parece muy extraña.

Aunque sabes que deberías ponerte en movimiento, la lápida ha despertado tu curiosidad. Tal vez resulte útil echarle un vistazo. ¿Deberías retroceder en el tiempo y unirte a la expedición de Stanley, de 1871, para localizar al Dr. David Livingstone o deberías quedarte aquí el tiempo suficiente para investigar la extraña lápida?

Retrocedes en el tiempo hasta 1871. pasa a la página 12.

Visitas la tumba de Stanley. pasa a la página 8.

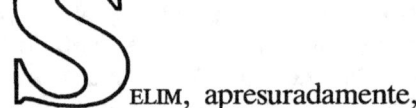

ELIM, apresuradamente, dice:

—Vamos, vamos.

Se introduce rápida y ágilmente entre la multitud y está a punto de dejarte atrás. Cuando le alcanzas, preguntas:

—Selim, ¿cómo llaman los nativos al señor Stanley?

—Amo, *Bwana* Stanley.

—¿No lo llaman también *Buala, Buala Matari*? —inquieres al recordar esas palabras.

Selim te mira desconcertado y responde:

—No. ¿Por qué habrían de darle ese apodo?

Segundos después llegáis al puerto, donde cargan y descargan barcos. Selim se acerca a un hombre corpulento, de pelo y cara rojos, que está sentado sobre un bulto. Delante tiene un enorme cajón de embalaje que hace las veces de escritorio. Los hombres se apiñan en torno a este personaje que fuma en pipa y escribe.

Corres para reunirte con Selim y preguntas a gritos en medio de bullicioso gentío:

—¿Conoces a Henry M. Stanley?

—¡El señor Stanley ya está en el continente! —responde a voz en grito el corpulento hombre—. Si quieres unirte a su expedición, tendrás que tratar conmigo.

—¡Vamos, vamos! —te apremia Selim deslizando por el cajón un cuaderno de trabajo para que lo firmes— ¡Firma aquí!

6

Recuerdas que no debes dejar el menor indicio tuyo en el pasado y dibujas una torpe X en lugar de poner tu nombre. Desilusionado, Selim aparta la vista del papel.

—¿No sabes escribir?

Miras incómodo a tu alrededor y procuras cambiar de tema.

—Dime, Selim, ¿a qué idioma corresponden las palabras *Buala Matari*?

—Al congoleño —responde Selim tajantemente.

—¿Qué significan? ¿Tienen algo que ver con el Nilo?

—Esas palabras carecen de significado. Nadie llama así a *Bwana* Stanley. Además, esas palabras carecen de importancia para quien no sabe escribir —Selim se aleja.

—¡Espera! —gritas, pero alguien te sujeta del hombro y te obliga a girar.

Contemplas los ojos bizcos del hombre que te hizo firmar para participar en la expedición.

—Me llamo Darby —dice. El pendiente de oro de su oreja derecha se balancea cuando habla—. Estoy a cargo de las provisiones. Debo ocuparme de que lleguen de aquí a Bagamoyo. Cuando estés en el continente podrás hablar todo lo que quieras con Selim, pero ahora debes trabajar.

Pasas varias horas deslomándote bajo el sol abrasador. Darby no deja de gritar:

—Agarra esa caja, mula estúpida. He dicho que la agarres. ¡No, no, así no!

Te esfuerzas acarreando provisiones a las embarcaciones de fondo poco profundo hasta que estás a punto de caer rendido. Finalmente hasta el velero más pequeño está cargado. Subes a bordo con todos aquellos que se dirigen hacia Bagamoyo, Darby incluido.

Piensas que, por fin, podrás descansar un rato. Estás realmente agotado.

El placer que podrías haber obtenido del paseo en barco entre Zanzíbar y el continente africano se esfuma en el momento en que Darby te entrega un remo y empieza a gritar.

—¡Remad, remad, hatajo de niñatos! ¡Remad con ganas, cobardes alfeñiques de pelo rizado!

Remas esforzadamente durante la travesía hasta el continente. Aunque trabajas tanto como cualquier otro de los que están a bordo, parece que Darby ha decidido meterse contigo.

—Si no eres más patán es porque no tienes tiempo —Darby acerca su rostro al tuyo—. ¿No sabes remar?

Trabajo todo lo que puedo —respondes.

—¡Ya lo sé, pero te estás esforzando más de lo necesario! Venga, déjame el remo y te enseñaré.

Darby ocupa tu lugar y te muestra cómo aprovechar al máximo cada palada. Notas por vez primera que no es tan ruin ni tan violento como parece.

—Chico, tú vales mucho —comenta mientras te devuelve el remo.

Cuando por fin la embarcación atraca en Bagamoyo, en la costa del país de Tanganika, tampoco consigues descansar, porque inmediatamente Darby te encomienda que descargues.

Pasa a la página 20.

Pasas y cierras el portal del cementerio. Te resulta imposible apartar la mirada de la lápida más grande: un enorme canto rodado de metro veinte de alto por un metro de ancho. Cuatro piedras más pequeñas señalan las esquinas del sepulcro. La superficie delantera del canto rodado ha sido pulida y han grabado en ella la siguiente inscripción:

Henry Morton Stanley
Buala Matari
1841-1904
África

Te concentras tanto en las dos palabras desconocidas de la lápida que no reparas en que el grupo de jugadores de cróquet te ha seguido y se aproxima a la iglesia.

—¡Aquí! —grita alguien a tu espalda.

—¡Ya lo tenemos!

Te vuelves y quedas frente al grupo apiñado junto al portal. La mayoría visten ropas de buen corte. Parecen ser los jugadores de cróquet que viste antes. Los acompaña un pastor de expresión severa.

—¡Vaya aspecto! —exclama sorprendida una de las mujeres del grupo.

Eres dolorosamente consciente del casco de explorador que pende de tu cabeza y del machete que cuelga de tu cinto.

—¡Creo que deberíamos enviarlo al manicomio del Dr. Pattison!

—¡O a la comisaría!

Mientras el grupo cruza el portal, echas a correr, saltas la cerca lateral y llegas a la parte trasera de la iglesia. Encuentras una puerta secundaria. Segundos después estás dentro de una bellísima iglesia rural.

¡Lamentablemente, no tienes tiempo de contemplarla!

En el atrio de la iglesia algunas personas gritan:

—¡Por aquí!

¡Rodead la iglesia!

¡Vigilad las salidas!

Desciendes un tramo de escaleras y llegas al sótano. El grupo de jugadores de cróquet entra en el templo, se dispersa y registra los bancos. ¡Será mejor que vayas a África y te dediques a explorar!

Vas a África en 1889.
Pasa a la página 56.

AL correr una vez más por las estrechas y abarrotadas calles de Zanzíbar, ves un elegante carruaje en el que viajan un hombre de buena planta y una mujer que viste de blanco. Ondean sobre el carruaje las banderas de Gran Bretaña y de Zanzíbar. ¡Tal vez esas personas puedan ayudarte a encontrar a Stanley!

Intentas seguir el carruaje, que se pierde rápidamente entre la multitud. De pronto una mano te agarra el brazo. Te vuelves y te encuentras frente a un árabe con la cara cubierta de tatuajes. ¡Te apoya la punta de una navaja en el pecho!

Sabes que el joven árabe Selim tenía razón cuando te habló del peligro de acarrear provisiones valiosas.

—Llévate lo que quieras —le dices al ladrón.

—No —responde—. A quien quiero es a ti.

Intentas apartarte.

—¿Dónde pretendes llevarme?

—¡A la presencia de Tippo Tip! Es un hombre muy importante. Es un traficante de esclavos.

—¿Traficante de esclavos? —exclamas sorprendido— ¡Pues yo no soy un esclavo!

—¡Pronto lo serás!

No puedes franquear la barrera del tiempo ahora. Tendrás que resignarte a conocer a Tippo Tip.

Pasa a la página 23.

CORRE al año 1871. Estás codo con codo entre cientos de personas bulliciosas que se empujan en la atiborrada plaza del mercado. Todos gritan, regatean y venden verduras, melones, frutos exóticos, tazas de hojalata, platillos, dijes, cuentas de colores y alambre para enhebrar las cuentas. Mires hacia donde mires, alguien te propone que compres algo.

Apartas a los mercaderes y vigilas tu equipo con atención. Alguien te pone delante de las narices un enorme loro de plumas rojas, amarillas y verde azuladas.

—¿Compras loro bonito? —cacarea el ave.

El aire se carga de un olor extraño y picante. Es tan penetrante que te marea.

—¡Clavos! ¡Clavos de olor por centenares! —grita un hombre metiéndote súbitamente un puñado de clavos bajo la nariz

—¡Puaj! ¡Ése es el olor que me mareó! —exclamas.

—¡Los clavos de olor hicieron de Zanzíbar el principal puerto de mar de toda África —proclama—. Porque sin los clavos...

—¿Estoy en África? —le preguntas.

—¿Acabas de desembarcar? África es el continente y está a pocos kilómetros de aquí.

Miras hacia donde señala y, a lo lejos, divisas tierra firme. Cerca ves varios transatlánticos y diversos tipos de embarcaciones más pequeñas.

—¿Es la primera vez que ves el Océano Índico? —inquiere el vendedor de clavos— Mira allí y comprobarás sobre qué se ha erigido Zanzíbar —señala el desfile constante de barcos que hacen la travesía entre la zona continental de África y el puerto de Zanzíbar. La gente carga y descarga mercancías en los muelles— ¿Ves los grandes sacos y las inmensas tinajas? —pregunta el hombre— Contienen clavos de olor y esencia de clavo. Los cambiamos por abalorios y dijes de tres al cuarto en Bagamoyo, el puerto continental.

—Estoy buscando a Henry M. Stanley —informas al vendedor— ¿Puedes ayudarme?

—Jamás oí hablar de él. ¿Es un comerciante?

Meneas la cabeza negativamente.

—No, ha venido a buscar a un misionero desaparecido, el Dr. David Livingstone.

El hombre balancea la cabeza con pesar.

—Livingstone ha muerto. Lo sé de buena fuente. Lo han dicho algunos nativos del interior.

¿Será cierto lo que dice? Sabes que desde hace cinco años no se sabe nada de Livingstone.

—De todas maneras, si ese Stanley está organizando una expedición, tal vez averigües su paradero en los muelles o en Bagamoyo —dichas estas palabras, el vendedor se aleja.

Al volverte te encuentras cara a cara con un chico árabe de turbante. Tiene unos ojos pardos enormes y amistosos, y sus brazos son delgados como ramitas.

—¿Buscas a *Bwana* Stanley? Oí tu conversación.

—Así es.

—Pues yo soy Selim, el intérprete del señor Stanley.

Parece demasiado joven para ser alguien importante y menos aún el intérprete de Stanley. Tal vez escuchó tu conversación con el vendedor buscando la posibilidad de timarte.

—Me parece que eres demasiado... demasiado joven para poder desempeñar esa tarea —afirmas.

Selim menea la cabeza.

—¡No, no soy tan joven! Llegué aquí hace muchos años, desde Jerusalén. Conozco muchas lenguas africanas.

Súbitamente intenta agarrar tu mochila, pero lo apartas y dices:

—Puedo llevarla.

—¿No crees que el señor Stanley acudió a mí y me pidió que fuera de safari con él?

Titubeas antes de responder:

—Sé que sitios como éste están plagados de ladrones.

—Si no quieres venir conmigo, acude al consulado inglés, que queda en esa dirección —señala—. Te sugiero que no andes por las calles con todas las provisiones a cuestas, porque tienes razón: en Zanzíbar la gente pierde sus pertenencias con demasiada frecuencia.

La expresión de sus ojazos demuestra que tus palabras lo han ofendido... ¿O forma parte de su engaño?

—No pretendía herir tus sentimientos...

Resta importancia a tus disculpas.

—No te equivocas al estar prevenido. Tus cosas tienen mucho valor. Dime, ¿vienes conmigo o acudes al consulado inglés?

Vas al consulado.
Pasa a la página 11.

Confías en Selim y lo acompañas.
Pasa a la página 4.

Llegas bruscamente a la segunda expedición de Stanley al río Lualaba en 1875. Segundos antes de que reparen en tu presencia, contemplas la vida de la aldea africana: los niños corren por el centro jugando a algo parecido al pillapilla; algunas mujeres llevan cestas, otras muelen grano para hacer harina; dos hombres luchan a un lado del claro, manteniéndose en forma para la caza o la guerra, mientras otros los observan.

En ese instante reparan en tu súbita presencia. Los niños saltan y corren sorprendidos, las mujeres interrumpen lentamente la faena y los hombres lo abandonan todo para trazar círculos a tu alrededor con una expresión insondable.

Los dos luchadores se acercan, dispuestos a hacer frente al «espíritu» que ha salido del bosque congoleño: ¡tú!

Cerca corre un gran río. Ves algunas canoas en la orilla. Te preguntas si no será mejor echar a correr hacia las embarcaciones e intentar escapar.

Una de las africanas, una chiquilla de agradable sonrisa, extiende la mano hacia ti y te dice algo mucho más agradable de lo que esperabas.

—¿*Bwana* Stanley? —pregunta y señala una choza próxima— ¿Buscas a *Bwana* Stanley?

Das unos pasos prestando más atención a la chiquilla que al suelo que pisas. Tropiezas con un tronco y caes, pero en lugar de chocar contra la dura tierra, caes sobre una especie de pellejo.

¿Qué has hecho? La hilera de hombres que te mira alza las lanzas y retrocede un paso, y luego otro. Su expresión es de asombro y de cólera. Algunos colocan las lanzas en posición de lanzamiento. Incluso la chiquilla que te sonrió te mira hecha una furia. Del interior de la cabaña llegan risas y palabras y una voz que parece la de Stanley.

Lamentablemente no hay tiempo de analizar la situación. ¡Los congoleños se dirigen hacia ti con las lanzas prestas!

Corres hacia la choza.
Pasa a la página 36.

Retiras fardos de una embarcación y los apilas en el muelle de Bagamoyo, mientras Darby grita como un energúmeno. De pronto, no muy lejos, suena una voz aún más estentórea que la de Darby:

—¡Esta expedición ya se ha demorado más de la cuenta!

Intentas deducir lo que está ocurriendo. Al parecer, las voces proceden del interior de una tienda de campaña cercana.

—Primero nos faltan los fondos, y el consulado inglés no puede ayudarnos. Pero los bienes del Dr. Livingstone están almacenados allí hace más de un año.

Abrigas la loca esperanza de que esa voz corresponda a Stanley.

—Luego nos faltan los hombres y ahora topamos con este caos, con esta desorganicación total —chilla la voz.

Espías a través de la red antimosquitos y reconoces a Selim, que está dentro de la tienda. Habla con un hombre que lleva en el centro del turbante un enorme alfiler con una esmeralda verde.

—Es Tippo Tip —dice Darby.

—¿Tippo Tip?

—Así es, el comerciante árabe más viejo y astuto de toda el África Oriental.

—¿Y el que habla con él es el capitán Stanley?

—Si te refieres al que camina de un lado a otro, sí. Cuando Tip anda cerca, el capitán no deja de caminar.

A tus espaldas, a algunos trabajadores se les cae un cajón de embalaje. Darby se apresura a examinar los daños y grita a los «cerebros de mosquito» que lo dejaron caer.

Das unos pocos pasos hacia la enorme tienda de campaña y vuelves a observar a Stanley. Es toscamente guapo, musculoso y fuerte. Lleva erguido el mentón y sus ojos miran airadamente al comerciante árabe.

Selim habla con Stanley:

—Amo, Tippo Tip dice que no le dará más hombres ni mercancías si no hay más dinero.

—¡Pues entonces me quedo como estoy! Dile que no conseguirá sacarme ni un céntimo más. ¡Cuento con ciento cincuenta y tres porteadores y treinta y un hombres libres de Zanzíbar, veintisiete mulas de carga y dos toneladas de cuentas de colores para hacer tratos con los nativos! Tengo provisiones y medicinas. ¡Dile al señor Tip que no quiero nada más de él y que puede largarse!

Stanley sale de la tienda hecho una furia y pasa a tu lado sin verte. Decides llamar su atención.

—¿Señor Stanley? —Como no responde, gritas—: ¡*Buala Matari*!

Se vuelve desconcertado.

—¿Quién eres tú?

—Acabo de alistarme. Selim me ayudó a encontrarlo —replicas.

—¿Por qué me has llamado *Buala Matari*?

—No… no lo sé, señor, pero ha intentado averiguar el significado de estas palabras y… y he venido para ayudarlo a buscar la fuente del Nilo.

—¿La fuente del Nilo? —te mira extrañado—. No estamos buscando el nacimiento de un río. Hemos venido en una misión, a la búsqueda de un hombre que consideramos está perdido o muerto.

—Ya lo sé, busca al Dr. David Livingstone —añades—. Pero, ¿él no está buscando el nacimiento del Nilo?

—¿Acaso eres, al igual que Livingstone, geógrafo en ciernes, explorador y misionero?

Antes de que puedas responder, Darby grita junto a tu oído:

—Capitán Stanley, este explorador, o como quiera llamar al chico, trabaja duro.

—Deja de llamarme capitán —le pide Stanley mirándote—. Nos hace falta gente que trabaje duro, pero que también sea valiente.

—Entendido, señor.

—¡En marcha inmediatamente! —grita para todo el que quiera oirle.

Una caravana de mulas muy cargadas avanza lentamente hacia la lejana pradera. Más allá de los altos pastos divisas la selva, una oscura muralla que se eleva contra el horizonte.

Tal vez sea éste el momento oportuno para avanzar en el tiempo. Stanley aún no se dedica a buscar el nacimiento del Nilo. Por otro lado, no sabes lo que podrías aprender siguiendo a Stanley en su búsqueda de Livingstone. Al fin y al cabo, cuando Livingstone desapareció estaba empeñado en hallar la fuente del Nilo.

Permaneces con esta expedición.
Pasa a la página 30.

Te trasladas al Congo en 1889.
Pasa a la página 56.

VIAJAS durante varias horas por el Océano Índico en una pequeña canoa de vela, hasta un lugar llamado Bagamoyo, en África continental. El ladrón sonríe y dice burlón:

—Tippo Tip es la ley aquí.

En Bagamoyo ves que cargan y descargan barcos en el concurrido puerto. Durante unos segundos divisas a Selim, el árabe traductor. Estás seguro de que si consigues acercarte a él, quizás te ayude.

Antes de que la canoa quede amarrada al muelle, la inclinas rápidamente hacia un lado. Tu raptor cae al agua. Corres hacia el sitio en el que viste a Selim y gritas:

—¡Selim! ¡Selim!

Selim se vuelve sonriente, pero al verte se queda de piedra. Tendrías que haber confiado en él desde el primer momento.

—He... he cambiado de idea —dices casi sin aliento.

—¡Señor Darby! ¡Señor Darby, aquí tiene un nuevo trabajador! —grita Selim a modo de respuesta, prácticamente sin mirarte.

Un marinero de brillante cabellera rojiza y cara del mismo color te sonríe.

—¡Vaya, parece bien dispuesto! ¡Ven ahora mismo, ya te alistarás más tarde!

—Quizás el señor Farquhar agradecería que alguien le echara una mano con el papeleo —comenta Selim.

—No, por favor. ¡Quiero ser un miembro activo de la expedición! Quiero hacer el mismo trabajo que los demás.

Selim te mira y frunce el ceño.

—¿Prefieres trabajar cuando puedes sentarte ante un escritorio y usar la cabeza?

—No sé escribir muy bien —explicas.

Sabes que Stanley es un hombre de acción y que probablemente no lo encontrarás en un despacho mal ventilado.

—Has vuelto a sorprenderme. Aunque pareces listo, no sabes escribir bien.

—Si lo que quieres es trabajo, yo te puedo dar más que suficiente —interviene Darby—. Aún estamos esperando varias cargas de Zanzíbar —se aparta para gritar a otros trabajadores.

—Ahora tengo que irme —dice Selim. Le das las gracias por su ayuda. Asiente, sonríe y añade—: Ahora habrá una importante reunión entre Tippo Tip y *Bwana* Stanley.

Quedas boquiabierto.

—¡Tippo Tip es un comerciante de esclavos!

—Bueno, *Bwana* Tip es un hombre que comercia con cualquier cosa: marfil, pieles, cuernos de rinoceronte, especias, esclavos, todo le da lo mismo. Pero ninguna expedición está realmente equipada sin su colaboración.

Selim se va corriendo. Gritas:

—¡Espera, quiero ir contigo!

En ese instante Darby te sujeta y te obliga a dirigirte al puerto.

—¡Ya está bien, tunante perezoso! —grita— ¡Sube a ese barco y agarra un remo!

Pasa a la página 20.

ESTA vez Chuma no te defrauda y te lleva directamente a una gran choza que se alza dentro de la empalizada. Allí, tras unos velos de cuentas de colores que penden de alambres, tras montículos de telas y tallas de madera y marfil —ofrecidos a modo de homenaje y como señal de respeto—, hay un jefe africano de pelo blanco. Parece ensimismado, quizás dormido. Chuma le dice algo en voz tan baja que no lo oyes. Luego el criado se dirige hacia ti:

—El jefe Balaga es el más sabio entre los sabios. Ha vivido muchos años y ha visto llegar a los blancos mucho antes de tu aparición.

—Que me hable del Nilo, del nacimiento del Nilo —pides.

—¡No tanta prisa! —exclama Chuma con irritación— ¡Primero háblanos de *Buala Matari*!

Empiezas a decirles lo que sabes, pero te das cuenta de que no puedes contarles lo que ocurrirá en su futuro. Buscas rápidamente una solución y dices:

—Oí a algunas personas hablar de un hombre llamado el rompepiedras, y pensé que *Bwana* Stanley podía ser ese hombre. Podía ser *Buala Matari*. Por eso vine con él.

El viejo sabio abre desmesuradamente los ojos al oír esas palabras.

—*Buala Matari*, el que destruye piedras, me visitó en un sueño. Su llegada significa el fin del jefe Balaga.

—No, el señor Stanley ha venido en son de paz —aseguras.

El sabio levanta las manos reclamando silencio.

—Durante muchos años he visto llegar a los blancos y he esperado a éste. Seguirá el Lualaba y allí se convertirá en *Buala Matari*. Aunque supone el fin de los hechiceros como yo, es algo bueno para el Congo. *Buala Matari* permitirá que la vida de mis hijos, mis nietos y sus hijos sea mejor.

Te serenas al oir esas palabras y vuelves a tu pregunta original:

—Señor, ¿sabe cuál es el origen del Nilo?

El jefe responde con una sola palabra en tu idioma:

—Habla.

—¿Qué quiere que diga?

—Habla.

—Pero... —tu voz enmudece mientras te preguntas qué ha querido decir y te vuelves hacia Chuma en busca de ayuda.

—No dirá una sola palabra más —explica Chuma— ¡Habla! —Chuma se encoge de hombros.

Mientras abandonas la choza del viejo jefe, te asalta la sensación de que el anciano quería ayudarte. De todas maneras sigues preguntándote qué quiso decir.

Le das amablemente las gracias a Chuma y optas por regresar a la choza de Livingstone.

Pasa a la página 38.

BSERVAS a la fuerza expedicionaria de Stanley cuando entra en el pueblo Luala. Transportan no sólo provisiones y mercancías, sino partes de una enorme construcción de madera.

—¿Y eso qué es? —te interesas.

—¡Ah, el *Lady Alice*! —responde Selim sonriente— Lleva el nombre de la novia del señor Stanley, que está en Inglaterra.

—Lo diseñé yo mismo —se jacta Stanley—. Es un barco portátil de doce metros. Pienso navegar el Lualaba en el *Lady Alice*.

Vuelves a mirar las partes de la gran embarcación mientras los porteadores las ponen en el suelo, cerca de la orilla.

—¿Estáis seguro de que aguantará?

Selim suelta una carcajada.

—¡El señor Stanley ya ha bordeado en el *Lady Alice* todo el lago Tanganika y el lago Victoria!

—¿El Tanganika y el Victoria? ¿Para qué? —preguntas.

—Esta expedición tiene varios objetivos —responde Stanley pensativo—. He venido a continuar el trabajo que Livingstone no concluyó, y a resolver, si es posible, los problemas pendientes sobre la geografía del África Central, entre los que se incluye, desde luego, el origen del Nilo. Estoy aquí para llevar a cabo una minuciosa investigación en los lagos Victoria y Tanganika y en toda la región occidental del África Central.

—Es una investigación muy amplia.

—Alguien tiene que encontrar el origen del Nilo y pretendo ser yo quien lo haga —asegura Stanley—. El Lualaba podría formar parte del Congo. Para averiguarlo, seguiremos el Lualaba hasta donde nos lleve.

—Al menos ha demostrado que el lago Tanganika no es la fuente del Nilo —añade Selim—. El Ruzizi, el río del extremo norte del lago, no fluye fuera del Tanganika sino en él.

—¡Entonces ningún río sale del lago hacia el Nilo! —exclamas— ¿Qué puede decirse del lago Victoria? ¿Qué aprendió allí?

—No lo sabré con certeza hasta que hayamos navegado el Lualaba.

Stanley se aleja deprisa y da órdenes a algunos nativos. Selim sigue al explorador. Tú te pones a pensar. Tal vez el lago Victoria sea la fuente del Nilo, a pesar de que Stanley no ha excluido tajantemente la posibilidad de que lo sea el río Lualaba.

¿Qué haces? ¿Sigues con Stanley recorriendo el Lualaba o retrocedes en el tiempo hasta su viaje al lago Victoria?

Retrocedes en el tiempo hasta el lago Victoria. Pasa a la página 59.

Te quedas con Stanley y exploras el río Lualaba. Pasa a la página 44.

CORRE el año 1871 y estás en la ciudad de Bagamoyo.

Pronto participas en la actividad que bulle a tu alrededor. Los porteadores acarrean grandes fardos, Darby el capataz da órdenes a gritos, y Selim, el árabe traductor, marcha junto a Stanley con la cabeza erguida. Otros atan firmemente las últimas provisiones a los lomos de las mulas.

Una ráfaga de ruidosas flautas de bambú y tambores atronadores anuncia el inicio de la expedición. Pocos minutos después, el reducido ejército de porteadores, mulas, soldados, familias y exploradores abandona la ciudad y cruza los kilómetros de prados llanos rumbo a los altos y oscuros árboles de la selva. No es una procesión silenciosa. Algunos hablan con los que están a su alrededor, otros cantan y los encargados de las mulas azuzan sin cesar a las bestias.

La barahúnda perturba a los habitantes de la pradera. Ves manadas de cebras y de gacelas que huyen asustadas. Un grupo de jirafas se aparta con cautela. A esa distancia sólo distingues sus largos cuellos. Los pájaros son menos prudentes o más curiosos que el resto de los animales. Súbitamente bandadas enteras emprenden el vuelo, a veces a unos pocos metros de la expedición. Tus oídos se llenan con sus penetrantes chillidos y tus ojos se impregnan con sus colores variopintos.

El safari cubre el prado a buen ritmo. Al llegar a la selva se torna aún más estrepitoso. Los porteadores golpean tambores, tocan flautas y cantan briosamente.

Caminas junto a Selim y le preguntas:

—¿Por qué arman tanto alboroto?

—Para comunicar a las tribus de la selva que somos una caravana numerosa con muchas armas.

—¿Y eso es importante?

—Así saben que atacarnos sería una insensatez.

—Este estrépito también hará salir a los jefes —añade Darby, que por casualidad ha oído vuestra conversación—. Vendrán a buscar *kuhonga*, es decir, alambre, cuentas de colores, dijes y telas.

—Por eso llevamos tantos fardos —explica Selim—. Tendremos que pagar para atravesar sanos y salvos Ugogo y otros poblados donde hay jefes poderosos.

Darby frunce el ceño.

—Eso a cambio del honor de recorrer esta selva maldita y rodeada de tierra.

Al caer la noche, las fogatas del campamento iluminan un amplio círculo. Montan las tiendas y las redes antimosquitos. Todos descansan y cenan. Prácticamente delante de cada fogata hay alguien de pie, cantando o bailando.

Te acercas a Henry Stanley. Está sentado en una de las pocas sillas que hay en la expedición y observa a un grupo de bailarines.

—Señor, ¿cómo sabe que vamos en la dirección correcta? —quieres saber— Me refiero a que nadie sabe dónde está el Dr. Livingstone.

Stanley sonríe y reconoce su ignorancia:

—No tengo la menor idea sobre el paradero de Livingstone, pero pienso poner rumbo oeste hasta aquí —despliega un viejo mapa y señala un gran lago—. Hasta el lago Tanganika.

—¿Por qué?

—Porque, según rumores de los nativos, es en esa zona donde Livingstone ha sido...

—¿A qué distancia estamos?

—Bien, entre la costa y el gran lago hay alrededor de novecientos sesenta kilómetros y, aunque hoy hemos tenido la suerte de cubrir casi treinta y dos kilómetros, podremos considerarnos afortunados si mañana recorremos quince por esta densa selva. Como verás, nos queda un buen trecho por delante. Si me disculpas, me voy a dormir.

Stanley se incorpora y ordena que todos se preparen para salir temprano. Aspiras a fondo el aire caliente y húmedo de la selva.

Novecientos sesenta kilómetros, a un promedio de quince kilómetros diarios, atravesando selvas y un territorio hostil. Aunque Livingstone estuviera en el lago Tanganika, la expedición tardaría, por lo menos, sesenta días en llegar. Y es posible que encontrar a Livingstone no te lleve a averiguar dónde nace el Nilo.

Abandonas discretamente el campamento.

**Avanzas sesenta días
y vas al lago Tanganika.
Pasa a la página 48.**

**Te trasladas a una de las expediciones posteriores de Stanley.
Pasa a la página 56.**

Darby y tú seguís a Chuma hasta la choza de un viejo jefe de la aldea. Atravesáis la puerta del muro de bambú. En cuanto estáis dentro de la empalizada, os veis súbitamente rodeados de africanos que os amenazan con sus lanzas.

—¡Chuma! —grita Darby— ¡Nos has traicionado! ¿Por qué?

—¡Habéis venido a quitarnos al doctor Livingstone! —responde Chuma entornando los ojos— ¡Es el mejor hechicero de toda Tanganika! ¡Y ahora venís a buscarlo, a llevároslo!

Chuma hace señas a sus hombres para que os prendan.

—¿Qué piensas hacer con nosotros? —inquieres.

—Tal vez caigáis en una trampa para leopardos... ¡en la que quizás haya un felino!

Pocos minutos después estáis delante de un enorme agujero, en cuyo interior da vueltas un leopardo que sólo se detiene para gruñiros.

Desesperado, intentas pensar en algo que convenza a esos hombres de que pueden confiar en ti. Sólo conoces una expresión en africanao, y la gritas con todas tus fuerzas:

¡Buala! ¡Buala Matari!

Las palabras actúan como un hechizo. Los hombres te sueltan. Chuma pregunta:

—¿Qué has dicho?

—El señor Stanley, nuestro *bwana*, también es conocido como *Buala Matari*.

Los hombres se consultan mientras añades: —Al igual que el doctor Livingstone, está decidido a encontrar la fuente del Nilo. ¡Pero no se llevará a vuestro amigo!

Los hombres conferencian un rato más. Finalmente, Chuma se acerca a vosotros.

—Hombre, ¿te apartarás y nos dejarás ir en paz? —pregunta Darby.

—¿Stanley es conocido como el hombre que rompe piedras, que desmorona rocas?

Deduces que *Buala Matari* debe significar «rompe-piedras», e inmediatamente respondes:

—¡Sí, eso es!

—Entonces tienes que ver a nuestro jefe —añade Chuma pensativo—. Os hemos tratado mal y comprendo que queráis regresar con los vuestros, pero os ruego que veáis a mi jefe, porque sabe algo del llamado *Buala Matari*.

Darby menea la cabeza incrédulo.

—Lamento haberte metido en este lío, pero no quiero tener nada que ver con estos chacales —dice dirigiéndose a ti.

—Tal vez debiéramos hablar con el jefe —opinas.

—Haz lo que quieras, pero yo me largo —Darby pronuncia esas palabras y se va.

La decisión está en tus manos. ¿Sigues el ejemplo de Darby y regresas junto a Stanley y Livingstone, o sigues a Chuma para ver al jefe de la aldea?

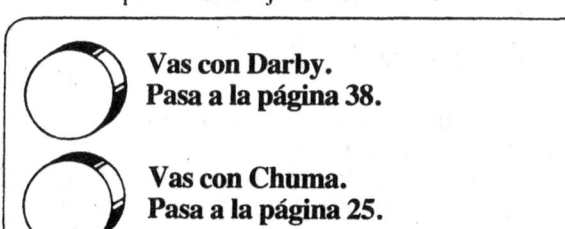

Vas con Darby.
Pasa a la página 38.

Vas con Chuma.
Pasa a la página 25.

ORRES tan rápido como puedes hacia la choza y gritas:

—¡Señor Stanley! ¡Socorro, señor Stanley!

Algunos nativos te cierran el paso. A tus espaldas, un hombre inmenso, vestido con pieles de leopardos, agarra el pellejo sobre el que caíste y lo eleva hacia el cielo. Los reunidos lanzan instintivamente un grito de dolor.

De pronto Stanley aparece en la puerta de la choza, seguido de Selim.

—¡Tú! —exclama Stanley— ¿De dónde has salido?

—Estuve... estuve en compañía de otra expedición, pero me perdí. Vi esta aldea y me acerqué.

—No pareces mayor ni más alto —comenta Selim rascándose la cabeza confundido.

—Me parece que ahora lo importante es la piel de leopardo —dices señalando al hechicero—. Lamento haberla tocado y...

—¿La tocaste? —pregunta Stanley.

—No pretendía hacerlo —procuras dar una explicación—. Caí sobre ella. ¡Fue un accidente!

—¿Caíste sobre la piel? —grita Stanley— ¡Esta gente idolatra al leopardo y hace sacrificios al dios del leopardo!

Te llevas las manos al cuello.

—¿Sacrificios?

—Sí, sacrificios humanos —apostilla Selim.

De pronto se te seca la boca.

—Bueno, ¿no existe ningún modo de serenarlos? —preguntas en voz muy baja.

—Puedo intentarlo, pero no será fácil —declara Stanley.

Stanley y Selim se acercan al jefe con sumo respeto y se ponen a hablar.

—Dile al jefe que comprendemos que debe hacerse un sacrificio y que es necesario castigar al ofensor —Stanley hace una pausa mientras Selim traduce—. Pero éste es un miembro de mi tribu y debe ser castigado según nuestras costumbres. Convence al jefe de que el castigo será muy severo.

—Y ¿qué pasará con el sacrificio? ¿Qué le ofreceremos al dios? —pregunta el jefe.

Stanley medita unos instantes.

—No tenemos animales que sacrificar, pero podemos llegar a un acuerdo para disponer de uno de los vuestros.

Finalmente el jefe se reúne con su gente y, señalando a Stanley, dice:

—Este hombre ha pedido disculpas en nombre del miembro de su tribu que ofendió a nuestros dioses. Dice que lo castigarán. Aplacaremos a nuestros dioses con el sacrificio de una cabra.

Por fin te calmas. Stanley se vuelve hacia ti diciendo:

—Deberías unirte a nuestra expedición. Es probable que el Lualaba sea un castigo suficiente... pero tendré que pensarlo. ¿Vienes con nosotros?

—Sí —respondes—, será mejor que lo haga.

Permaneces en la expedición al río Lualaba.
Pasa a la página 28.

La casa de Livingstone es una pequeña choza de techo de paja y paredes de bambú que los nativos le han construido en la aldea. Livingstone se siente a sus anchas en su reducido hogar africano. Susi prepara una abundante comida. Huele a pollo asado, a arroz y a ñames. Una mirada a la mesa te indica que también habrá ciruelas silvestres, miel, leche de cabra y té.

Desde que abandonaste el siglo veinte no has probado bocado, y todo resulta muy apetitoso.

—Por favor, poneos cómodos —ofrece Livingstone. Stanley y tú tomáis asiento en la mesa, frente al doctor—. Señor Stanley, le agradecería que me transmitiera las principales noticias del mundo.

Stanley aprieta los labios y se frota la barbilla.

—¡Casi todo el mundo espera noticias suyas!

El doctor Livingstone sonríe, menea la cabeza y responde:

—Después de que hayamos comido.

La comida está a punto de concluir, pero Stanley no puede refrenar su curiosidad y pregunta a Livingstone sobre su desaparición hace cinco años:

—Dígame, doctor, ¿dónde ha estado? ¿Qué estuvo haciendo?

—Como bien sabe usted, Sir Roderick Murchison, presidente de la Real Sociedad de Geografía de Londres, me envió con la intención de resolver problemas pendientes relacionados con las vías fluviales del África Central. Como es lógico, me encantó la posibilidad de descubrir el origen del Nilo, ya que este descubrimiento facilitaría enormemente la recaudación de fondos para mis obras misioneras. Mi expedición comenzó en 1865. Tenía el propósito de explorar los principales ríos de esta zona: el Nilo, el Congo y el Zambeze —el explorador despliega sus mapas—. Me centré en la zona del lago Tanganika. Primero debo demostrar o refutar la teoría de Burton, según la cual este lago es el nacimiento del Nilo.

—¿Qué opina del descubrimiento del lago Victoria, en 1862, por John Hanning Speke? —pregunta Stanley—. ¿Cree que el origen del Nilo puede estar allí, tal como Speke sostuvo?

—¡Está demasiado al norte! Además, ¿qué pruebas hay sobre esas afirmaciones? Speke era un buen hombre, pero no pudo explorar a fondo su presunto descubrimiento.

Durante un rato ambos hombres analizan en silencio el mapa de Livingstone.

—Por eso estoy aquí yo, un débil viejo, intentando resolver los problemas pendientes de la geografía del África Central —vuelve a mirar el mapa—. Sin embargo, existe —declara repentinamente Livingstone.

—Señor, ¿cómo ha dicho? ¿De qué se trata? —pregunta Stanley sorprendido.

Livingstone habla con un tono emocionado:

—Su llegada, la llegada de un periodista del principal diario norteamericano, es un don del cielo. Permitiré que se lleve a Inglaterra todos mis documentos si publica también esto en su periódico.

Stanley toma una carta de varias páginas de manos de Livingstone.

—¿Qué dice en ella?

—Hago un relato completo de los horrores que tienen lugar aquí, un relato de los delitos cometidos por los negreros.

—Sé que siempre se ha pronunciado contra...

El hombre mayor interrumpe a Stanley apasionadamente:

—En Nyangwé, a orillas del río Lualaba, vi la matanza de cientos de pacíficos aldeanos. Mientras sigan ocurriendo cosas semejantes, ningún blanco será bien recibido en África. Si mi relato de la esclavitud conduce al fin de la trata de esclavos de la Costa Este, lo consideraré, con mucho, más importante que el descubrimiento de todas las fuentes del Nilo.

—¿Qué puede decirme sobre el Nilo? ¿Ha renunciado a explorarlo? —se interesa Stanley.

—No, —Livingstone menea severamente la cabeza. Su tono de voz denota decisión cuando añade—: Me propongo descubrir la fuente o las fuentes del Nilo... si el Señor me concede tiempo para hacerlo. Pero he perdido todas mis provisiones sanitarias. Con excepción de Susi y Chuma, los demás expedicionarios me han abandonado y me he dedicado a combatir la malaria, la disenteria y otras enfermedades.

—¿Ha trazado un mapa del lago Tanganika?

—No, todavía no. Y mis problemas se han complicado dada la enorme cantidad de ríos que corren hacia el norte en la cuenca del Congo. Allí me topé con el Lualaba. Es un río impresionante, que fluye hacia el norte, a kilómetros y kilómetros de todo lo que nosostros conocemos.

—¿Cómo ha dicho que se llama el río?

—Los nativos lo denominan Lualaba, y yo estoy convencido de que es la fuente del Nilo.

Stanley queda sin habla, pero finalmente logra preguntar:

—¿Puede mostrarme su ubicación en el mapa?

—Aquí está —dice Livingstone.

Se acerca a una mesa y extiende otro mapa de grandes dimensiones. Señala una línea azul casi recta que se dirige hacia el norte, hacia el oeste de Ujiji y el lago Tanganika, en pleno corazón del Congo.

—Señor, este río se encuentra a novecientos kilómetros del Nilo —comenta Stanley escépticamente.

Livingstone asiente.

—Ya lo sé, pero se corresponde con... con todo lo que sé acerca del Nilo.

—¿Por ejemplo?

—Por ejemplo, en el punto en que comienza está a mayor altura que los niveles conocidos del Nilo en Gondokoro, la mayor altitud conocida del Nilo.

—Otro tanto ocurre con el lago Victoria, si es que podemos creer a Speke.

—Sí, pero sabemos que el Lualaba fluye hacia el norte, rumbo al Nilo. Claro que yo tuve el mismo problema que Speke. No pude concluir la exploración —ves la expresión de desencanto de Livingstone—. Susi, Chuma y yo vinimos a Ujiji decididos a organizar una nueva expedición. A decir verdad, sólo hace nueve días que llegamos.

—Entonces hemos tenido más suerte de la que imaginé al haberlo encontrado —exclama Stanley.

—¿Está seguro de que el Lualaba es el origen del Nilo? —intervienes.

El doctor Livingstone sonríe.

—Tengo mi teoría.

—Doctor, sabrá que he leído el último libro de Speke sobre el descubrimiento del lago Victoria y su convicción de que... —comienza a decir Stanley, pero es interrumpido.

—Sobre Speke —comenta Livingstone—. Asistí a su funeral. Allí me encomendaron la tarea de regresar a África.

—¿Speke está muerto? —preguntas.

Stanley asiente con la cabeza y dice:

—Murió en un accidente de caza después de su segundo viaje, en 1862, al lago Victoria.

—Algunos dijeron que podía tratarse de un suicidio. ¡Pobre Speke! —repite Livingstone— ¡Miró hacia el norte cuando tendría que haber buscado en el sur! Señor Stanley, a usted le digo lo mismo: mire hacia el sur, hacia el Lualaba. ¡Y, si es preciso, novecientos kilómetros al sur!

Al parecer, el río Lualaba podría albergar la solución al enigma del origen del Nilo. Tal vez debieras acompañar a Stanley en su expedición.

Mientras Stanley y Livingstone analizan el mapa, se te presenta la posibilidad de salir discretamente.

Avanzas en el tiempo hasta la primera expedición de Stanley al río Lualaba. Pasa a la página 18.

ESTÁS en un salto de agua del río Lualaba. Oyes que Stanley da la orden de que trasladen las canoas por tierra, a fin de eludir las aguas peligrosas. En cuanto ves que algunos expedicionarios llevan una canoa cerca del sitio en el que estás, te unes a ellos. Hay cinco o seis personas por cada inmensa canoa, y se alegran de contar con tu ayuda, por lo que no te preguntan quién eres. Como eres más bajo que los demás, tienes que estirarte para ayudar al traslado de la canoa.

—¡Cataratas Stanley! ¡Así las pienso llamar en mi mapa! —oyes gritar al explorador. Se le ve tan enérgico y entusiasmado como debió de estarlo el primer día de la expedición.

Tras abrir a machetazos un sendero en la selva y acarrear las canoas durante algunos kilómetros, estás a punto de derrumbarte. De pronto alguien que va en la vanguardia grita:

—¡Aguas tranquilas!

Poco más tarde navegas en la canoa junto con las provisiones y nueve pasajeros más.

El Lualaba es un río inmenso, que golpea ruidosamente los costados de la canoa. La corriente es tan impetuosa que basta que remen unos pocos hombres de cada canoa. Como no tienes nada que hacer, contemplas el paisaje. El único cielo que divisas aparece delante y detrás del río. A ambos lados sólo ves árboles formando un largo pasillo. Sólo de vez en cuando aparece una flor, una brillante mancha de color que destaca sobre el verde fondo.

El río avanza hacia el norte, tal como dijo Linvingstone. Oyes hablar a Stanley y a Selim. Navegan detrás de ti en el *Lady Alice*, el barco portátil de Stanley, y gritan a los nativos de las otras canoas. Los nativos le dicen a Stanley que el río avanza hacia el norte hasta el océano.

—En este caso, Linvingstone tenía razón —oyes decir a Stanley—. En África sólo hay un gran río que fluye hacia el norte hasta el océano. ¡El Nilo!

Aunque es un gran río, el Lualaba no tiene nada de tranquilo. A menudo las embarcaciones saltan sobre olas provocadas por grandes piedras no muy profundas. Notas que la corriente vibra en la canoa y luego parece resonar en tus oídos.

De pronto te das cuenta de que oyes realmente el sonido del agua. Su rugido es más potente a cada segundo que pasa.

—¡Rápidos! —grita alguien.

Es demasiado tarde para ti. Pese a las paladas frenéticas de todos los que van a bordo, la corriente arrastra tu canoa. Es demasiado poderosa para que podáis llegar a la orilla. Miras hacia abajo y ves los árboles que hay delante. ¡Estás a punto de cruzar un salto de agua!

Mientras todos reman desesperados, lográis reducir la velocidad de la canoa, pero la proa pende del borde de la cascada. El tiempo parece haberse detenido. La canoa se inclina, cruza el borde de la catarata y baja cinco metros hacia las piedras y las aguas revueltas. Los fardos salen disparados.

En ese instante caes.

Te apartas de la canoa y te sumerges más allá de las traidoras rocas. Subes jadeante a buscar aire; vadeas las aguas, aferrado a la pagaya, y miras a tu alrededor. Los restos de la canoa se deslizan a tu lado. Aunque la proa quedó destrozada y el resto se partió en dos, compruebas que nadie está herido. Todos nadan hacia la orilla, sin hacer caso de los fardos que flotan alrededor. Será mejor que te reúnas con ellos si no quieres ser arrastrado río abajo por la corriente.

Mientras nadas a través de la corriente, te das cuenta de que sólo tienes que sumergirte para franquear la barrera del tiempo sin que te vean. ¿Te conviene hacerlo? Tal vez debieras aprender más cosas sobre lo que Stanley encontró en el lago Victoria.

Continúas en la expedición al Lualaba. Pasa a la página 62.

Vas a la exploración del lago Victoria. Pasa a la página 59.

Te encuentras en las afueras de una pequeña aldea africana. Es el 10 de noviembre de 1871. Ves que el campamento de Stanley está cerca y te preguntas si ya habrá encontrado a Linvingstone. Al entrar en la aldea piensas cómo explicarás tu súbita reaparición.

Agotada, fatigada, hambrienta y harapienta, la gente de Stanley parece enferma de malaria y de otras enfermedades. Además sus pies están terriblemente lacerados. El propio Stanley tiene cara de enfermo. Ves que toma unas píldoras.

Darby te ve cuando sale de una tienda de campaña. En ese instante Selim te reconoce y pregunta asombrado:

—¿Es un fantasma?

—Soy yo, en carne y hueso —les dices buscando desenfrenadamente una explicación.

—¡Supusimos que habías muerto cuando nos atacaron los guerreros watusi! —grita Stanley, que se acerca a ti y apoya sus manos en tus hombros.

Aunque no sabes nada del ataque, comprendes que te sirve para explicar tu desaparición.

—Que... quedé aislado de los demás, pero os aseguro que estoy bien —respondes con poca convicción.

Stanley entrecierra los ojos y retrocede para contemplarte de la cabeza a los pies.

—¡Pareces la imagen misma de la salud! ¡Y pensar que no dejé de lamentar la certeza de que tu muerte había sido culpa mía...!

—En absoluto, capitán, no fue culpa suya —asegura Darby.

—Pero lo fue que otros menos afortunados perecieran cerca de Ugogo.

—Estaba en su derecho al negarse a tratar con un hombre como aquel jefe —insiste Darby.

—El jefe era un hombre malísimo y su pueblo también —añade Selim—. ¡Me refiero a los unyawezi, el pueblo de la Tierra de la Luna! Mataron a muchos de los nuestros y nos hicieron perder mucho tiempo.

Con expresión colérica, Darby sigue hablando:

—Capitán, esos jefes no tienen derecho a quedarse con nuestros bienes sin dar nada a cambio. ¡Hizo lo que debía al resistirse como se resistió!

—Señor Darby, he combatido en dos ejércitos estadounidenses, en una ocasión en el bando de los Estados Confederados de América, y en la otra con la Unión, durante la Guerra de Secesión, y he servido en la marina norteamericana, pero jamás en mi vida me nombraron capitán de nada, ni siquiera para carnaval. En consecuencia, le agradecería que me llamara señor Stanley o *Bwana*, como hace Selim, pero no...

—¡Ay, ay, ay, señor Stanley, señor! —exclama Darby resentido— Ya sabe que apenas nos quedan provisiones y que no tenemos nada para cambiar con los nativos.

—¿Dónde estamos? —intervienes mientras observas las chozas de la aldea.

—En una aldea amistosa de los ukaranga —Selim sonríe y señala con el dedo—. Allí está el jefe. Es un buen hombre, que no pedirá nada y nos proporcionará refugio.

—¿Qué se sabe del Dr. Linvingstone? ¿Ya lo habéis encontrado?

Stanley baja la mirada en un gesto que parece reflejar vergüenza. Golpea la tierra con las botas y responde:

—No, no... no lo hemos encontrado. Pero he pasado por demasiadas cosas para darme por vencido.

Un africano joven entra corriendo en la aldea como si fuera un corredor de fondo de primera categoría.

—¡Es un mensajero! —grita Selim.

Todos se dirigen a la choza del jefe donde el mensajero, que apenas tiene tiempo de recuperar el aliento, le transmite las noticias. Stanley y algunos de los suyos corren junto al jefe.

Podrías meterte en una choza cercana y franquear la barrera del tiempo para dirigirte a otra de las expediciones de Stanley. Ésta no parece muy afortunada, al menos hasta ahora. Pero también piensas que deberías quedarte lo suficiente para conocer el mensaje que ha traído el africano.

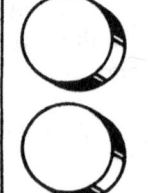

Avanzas en el tiempo hasta una expedición posterior.
Pasa a la página 56.

Permaneces en la misma época.
Pasa a la página 67.

Das tumbos en la oscuridad, en el interior de una choza. ¡Alguien intenta abrir la puerta! Buscas un rincón donde esconderte. En el suelo hay una especie de pellejo e intentas ocultarte debajo.

Se abre la puerta y aparece un rostro. Quienquiera que sea, al verte grita aterrorizado:

—¡Anyota! ¡Aaaaay! ¡Anyota!

¿Qué ocurre? Al incorporarte, el pellejo se desliza por tu cuerpo. Te das cuenta de que se trata de un disfraz. La máscara cubre tu rostro. Sales al claro de una aldea. Segundos después, los nativos te rodean.

—¡Oh, no! —exclamas, convencido de que se abalanzarán sobre ti.

Los nativos retroceden. Espías a través de las aberturas de la máscara y adviertes temor en todas las miradas. Sólo un hombre parece no tener miedo. Destaca por encima de los demás. Lleva un gran tocado de plumas y collares de garras. Se acerca a ti y extiende la mano.

—¡Anyota, es bueno que hayas venido a nosotros! —dice— ¡Es bueno, espíritu del leopardo, que estés con nosotros!

¿Espíritu del leopardo? ¿De qué está hablando?

—¡Oh, espíritu, mátame! ¡Soy el hechicero de esta tribu! —grita— ¡Toma mi vida antes de acabar con las de los demás!

—No... no he venido a matar a nadie —dices.

El hechicero te mira extrañado y menea la cabeza.

—¿Por qué otra razón viene Anyota? ¿No estás enfadado porque peleamos y nos matamos ahora que ha muerto el jefe Mtuse?

—Sólo... sólo he venido para advertiros —respondes intentando encontrar una respuesta lógica—. He venido a deciros que acabéis con las peleas entre vosotros.

—¡Y que elijamos un nuevo jefe! ¡Ya lo sabía! —replica el hechicero— Pero el modo como te has presentado, apareciendo durante el día, hablando en lugar de matando... es señal de que se ha producido un gran cambio en la tierra.

—Eso es lo que Anyota quiere —dices con enfasis.

—Pero en tu naturaleza siempre estuvo venir y, en estos casos, matarnos, llegando secretamente por la noche.

—¡Soy un dios ocupado y tengo que hacerme cargo de otras cosas!

—Gran Anyota, permite que te acoja en mi choza, donde hablaremos —añade el hechicero.

Tragas saliva, mientras piensas cuánto tiempo podrás mantener la farsa. No tienes otra opción que seguir al hechicero hasta su choza.

Pasa a la página 74.

Abordo del *Lady Alice*, preguntas a Stanley si piensa bordear el inmenso lago.

—Bueno, prácticamente hemos acabado con el lago Victoria —responde—. Llevamos cincuenta y seis días aquí.

—Señor, ¿opina que el lago Victoria es el origen del Nilo, como creía Speke?

El explorador respira hondo.

—Es posible. Llevé a cabo varias pruebas en el lago Tanganika y comprobé que tiene sólo tres metros de altura más que el nivel conocido del Nilo en Gondokoro, casi a novecientos kilómetros al norte. También sé —y, si tú eres el geógrafo que creo que eres, probablemente sabrás también— que el descenso de un río tiene que ser mayor de tres metros en novecientos kilómetros.

—Hmmm —murmuras tratando de dar la sensación de que entiendes más de lo que sabes en realidad.

Meditas unos instantes y comprendes lo que Stanley dice. El agua fluye cuesta abajo, y no basta una diferencia de tres metros en esa distancia para que el agua se mueva lo bastante deprisa como para formar un río importante. ¡El lago Tanganika no puede ser el origen del Nilo!

—Aquí estamos en un lago de dimensiones mucho mayores, situado a una altura muy superior a la del Tanganika.

¡Por supuesto! Cuanto más alta está, el agua fluye mucho más deprisa.

Estás seguro de que sigues la pista correcta, pero el Nilo sigue estando novecientos kilómetros al norte.

—¿Existe un gran río que fluya hacia el norte desde el lago Victoria? —inquieres.

—Sí, en el lugar que Speke denominó Cascada Ripon —responde Stanley—. Yo lo llamo Nilo Victoria.

—En ese caso es el Nilo, ¿verdad?

—Eso queda por demostrar —añade Stanley devolviéndote rápidamente a la realidad.

—Si el lago Tanganika no es la fuente del Nilo, ¿qué otra posibilidad existe, salvo el lago Victoria?

—¡El Lualaba de Livingstone!

—¿El río Lualaba?

—Exacto. Livingstone murió convencido de que fluye hacia el norte desde el lago Alberto, al oeste de aquí. Ya se ha demostrado que el lago Alberto está relacionado con el Nilo. Aunque el lago Victoria desembocara en el Alberto, podría no ser la fuente. Si el Lualaba fluye también desde el lago Alberto, es posible que este río sea el verdadero origen del Nilo.

Respiras hondo.

—Lo voy entendiendo.

Te das cuenta de hasta qué punto el secreto del Nilo está vinculado al río Lualaba. Te alejas de Stanley y de los demás y te diriges a la popa del barco. Decides avanzar en el tiempo hasta la expedición del río Lualaba, mientras los otros se adormecen agotados.

**Avanzas en el tiempo
hasta la expedición
del Lualaba.**
Pasa a la página 44.

CORRE el año 1889.

Te incorporas a una procesión. Sigues a la gente atravesando un enorme tronco húmedo y resbaladizo. Tembloroso, ves a tus pies un precipicio de noventa a cien metros. Abajo los rápidos saltan sobre las piedras. ¡Estás atravesando un abismo!

Hay varias personas delante y detrás de ti. Todas avanzan pasito a pasito. De pronto alguien suelta un grito. Te vuelves demasiado rápido, pierdes el equilibrio y caes. Te aferras a una rama que sobresale del tronco y ves cómo un fardo rebota río abajo.

Estás colgado del árbol e intentas incorporarte. De pronto alguien te agarra de las manos y te eleva. Jadeas. Tu corazón late frenéticamente.

—¿Te encuentras bien? —contemplas los fríos ojos grises del hombre que te ha salvado. ¡Es Henry M. Stanley en persona! Evidentemente has despertado su curiosidad—. No sabía que venías con nosotros en esta expedición.

—Yo... bueno, estoy desde el principio —respondes, y añades: —*Buala Matari.*

Stanley suelta una carcajada. Te das cuenta de que ahora parece conocer esas palabras.

—Por supuesto. Discúlpame por no estar enterado, pero como esta expedición está formada por trescientas personas... Perdona a un viejo explorador. Debo reconocer que resistes más que la mayoría. La mitad de la expedición ha quedado atrás porque no estaba en condiciones de seguir avanzando.

—Señor, ¿no podríamos apartarnos de este árbol? —inquieres.

—¿Te alistaste en Boma o en Vivi?

Titubeas antes de responder:

—En Boma, señor.

—¡Santo cielo, cómo has resistido!

—¡Tanto como usted, señor! —Stanley acepta sonriente tu cumplido mientras camináis hasta el otro lado del abismo—. Los nativos creen que estamos locos por atravesar la selva y poner los pies en las Montañas de la Luna. Como dicen, creen que no podemos «romper las piedras» —comenta Stanley—. Están convencidos de que moriremos en el intento. Por eso son tantos los que han abandonado la expedición.

Las dificultades se repiten a medida que avanzáis. La caravana se abre paso a través de pequeños torrentes de agua y de troncos caídos. El árbol que ahora estás atravesando está a veinticinco metros del suelo y cruza un arroyo impetuoso no muy ancho.

Oyes un siseo junto a tu oreja y alzas la mirada. A pocos centímetros de tu cabeza hay una serpiente a punto de atacar. Acercas la mano al machete.

Golpeas a la serpiente.
Pasa a la página 71.

Cruzas el arroyo.
Pasa a la página 64.

Un inmenso mar interior se extiende hasta donde llega tu mirada. Es el lago Victoria. Corre el año 1875. Te encuentras en una densa selva que casi llega a orillas del lago, pero cerca oyes gritos.

Te agachas detrás de una roca y contemplas un extenso claro. Divisas a un grupo de guerreros africanos, pintados de la cabeza a los pies con colores y líneas maravillosos. En ese instante con las lanzas prestas, hacen frente a Stanley y a sus seguidores, que han acampado en la orilla. El *Lady Alice*, el barco de Stanley, está fuera del agua.

Selim hace de traductor entre Stanley y un guerrero alto y guapo que evidentemente está a cargo de la situación. De pronto Stanley da valientemente la espalda a los guerreros y se dirige con serenidad a su gente:

—Se acabó el misterio. No podemos permitirnos el lujo de luchar. Si intento salvaros a todos, ¿haréis exactamente lo que os diga sin poner dificultades?

—¡Claro que sí! ¡Juramos hacerlo! —gritan, estando de acuerdo.

—¿Os creéis capaces de meter este barco en el agua, tal como está, con todas las mercancías a bordo?

—Seguro —dice uno y los demás asienten.

—¿Podréis hacerlo antes de que esos guerreros nos alcancen? —insiste Stanley.

—Sí.

—En ese caso, preparaos. Situaos a ambos lados del barco. Cada uno encontrará un sitio del que sujetarse. Yo cargaré mis armas.

Los guerreros cantan, situados a una altura más elevada que aquélla en la que se encuentran Stanley y los suyos. El cántico es cada vez más estentóreo. Llega un momento en que los guerreros parecen a punto de estallar.

Stanley se ocupa de cargar el rifle para cazar elefantes, la escopeta de dos cañones, un Winchester de repetición y tres pistolas. Lo hace parsimoniosamente, sin dejar de hablar:

—Selim, lleva esos fardos a los ashanti que están en la colina.

—¿Qué ha dicho, jefe? —Selim habla lentamente.

—Ábrelos de uno en uno. Simula que los contemplas admirado, pero aguza el oído. Cuando te llame, arroja las telas hacia los ashanti y reúnete de inmediato con nosotros. ¿Has entendido?

Selim traga saliva y responde:

—Perfectamente, *Bwana*.

—¡Vete de una vez!

El cántico cesa bruscamente. Parece que los nativos se proponen hacer picadillo al grupo que ha osado entrar en su territorio. Seguramente piensan que todos los extranjeros son negreros.

—¡Meted el *Lady Alice* en el agua! —grita Stanley.

Selim arroja los fardos de tela hacia el cielo. Caen en cascada a los pies de los guerreros. Algunos se agachan para recogerlos.

Selim echa a correr hacia el agua, en la que el barco ya navega. Stanley está hundido hasta las rodillas en el lago y dispara por encima de las cabezas de los jefes ashanti.

Sales corriendo de tu escondite, pues no quieres quedarte ahí. Selim tropieza y cae. Una lanza se clava en el suelo, a su lado, pero él se incorpora y se zambulle de cabeza. Haces lo mismo en el preciso instante en que otra lanza se hunde en el agua junto a tu oreja.

Nadas hacia el barco y ves a Stanley en la cubierta.

—¡Lanzad un salvavidas! —ordenas.

Selim se aferra al savavidas y tú a Selim.

—¿Qué pasa? ¿Quién eres? —grita mirándote— ¿Qué haces tú aquí? ¿De dónde has salido?

Cuando Stanley os sube al barco que os protegerá, hace la misma pregunta.

—¡Me… me hicieron… prisionero! —respondes, respiras hondo y señalas hacia tierra—. Acabo de… escapar.

—¡La última vez que te vimos fue durante la expedición de Livingstone! —exclama Stanley— Temimos lo peor cuando desapareciste.

—Bueno, me las arreglé bastante bien hasta que los ashanti me atraparon.

—¡Caray, parece un milagro! —añade Stanley— ¡De todos modos, bienvenido a bordo del *Lady Alice*!

Pasa a la página 54.

Te apoyas en una pagaya que flota y sales del Lualaba. Chorreas agua. Algunos hombres gritan aguas arriba. Otros dan consejos, pero ya es demasiado tarde para poder hacer algo, salvo mirar.

¡El *Lady Alice* está en el borde mismo de la cascada!

La gran embarcación cargada de pasajeros y provisiones queda trabada por una roca. Oyes gritos de terror en medio del rugido de la cascada. Por fin el barco se inclina y la proa desciende, chocando violentamente contra el agua. El barco logra mantenerse incólume al deslizarse sobre la cascada y caer con un terrible chapoteo.

Aunque Selim y otros pasajeros siguen a bordo, Stanley no aparece por ningún lado. ¡Debió de caer por la borda!

Los rápidos continúan hasta otro salto de agua situado río abajo, no muy lejos. Ves forcejear a Stanley cuando pasa flotando. Le arrojas la pagaya sin pensarlo. La agarra y se aferra a ella. Poco después llega al borde de la siguiente cascada y la atraviesa.

—Se... se ha ido —comenta una de las mujeres del empapado y tembloroso grupo que está a tu lado.

—Stanley ha desaparecido —dice un hombre que se encuentra cerca—. Hemos quedado solos en el Congo.

—Debemos regresar por donde vinimos —comentan los expedicionarios mientras observan a unos porteadores que intentan llevar el *Lady Alice* hasta la orilla.

—¡Basta de tonterías! —exclama Selim en cuanto el barco sale del agua— ¡Habláis como si el señor Stanley hubiera muerto!

—¡Viste cómo se ahogaba! —responde un porteador— ¡Nos hemos quedado sin jefe!

—¡Nuestras provisiones se han reducido a la mitad! ¡Moriremos de hambre antes de encontrarlo!

Selim no les hace caso y ordena:

—¡Encended el fuego! ¡Organizad el campamento!

Todos ponen manos a la obra, pero no dejan de protestar. Oyes que algunos hacen planes para regresar a Bagamoyo, el punto de origen de la expedición. Selim te confía que por la mañana los miembros del grupo empezarán a desertar.

Sigues vigilando río abajo en busca de señales de Stanley, pero no las hay.

Basta que te alejes a buscar leña para desaparecer y franquear la barrera del tiempo. Si Stanley no regresa pronto, la expedición se dividirá. Tal vez sea un buen momento para estudiar otra posibilidad. Sin embargo, Stanley podría regresar y la expedición seguir adelante.

Te quedas aquí.
Pasa a la página 73.

Exploras las Montañas de la Luna.
Pasa a la página 51.

LA rapidez de tus reflejos te permite cruzar de un salto el arroyo, pero acabas maltrecho en medio de la maleza. La serpiente sigue posada sobre ti.

—¡Socorro! —gritas.

Los nativos ríen señalándote. Uno de ellos se acerca al ofidio, lo agarra juguetonamente y lo muestra a los demás.

—¡Es totalmente inofensiva! —exclama con una sonrisa de oreja a oreja.

La serpiente se desliza y se pierde entre los árboles.

Todos ayudan a montar el campamento: algunos se ocupan de las tiendas de campaña y otros de la leña y de la comida.

En cuanto la situación recobra la calma, buscas a Stanley. Lo encuentras estudiando un viejo y amarillento mapa.

—Señor, ¿dónde estamos exactamente? —inquieres.

Stanley señala un emplazamiento próximo a unas montañas.

—Deberíamos ver estas montañas… si es que existen. Jamás han sido contempladas por ningún blanco. Aunque los comerciantes árabes han relatado que oyeron hablar de estas montañas a las tribus de esta región, no las han visto con su propios ojos. De todos modos, las Montañas de la Luna aparecen en los mapas antiguos y la gente de estos parajes habla del Ruwenzori.

El crepúsculo ha dejado en penumbra la selva. Súbitamente Stanley se incorpora, corre más allá de las antorchas del campamento y contempla la lejanía. Le sigues para preguntar qué es lo que le preocupa... pero lo ves con tus propios ojos: sobre el horizonte, en lontananza y bañado por la luz de la luna, aparece un manchón de cielo blanco y dentado por encima de los árboles.

—¿Qué es? —quieres saber.

—¡El Monte Ruwenzori! —grita Stanley—. ¡El Hacedor de Lluvia, las Montañas de la Luna! ¡Ya lo creo que existen!

—¿Por qué son blancas?

—¡Nieve y glaciares!

—¿Aquí, en el ecuador?

—Por eso los geógrafos siempre han dudado de las afirmaciones de que aquí hay glaciares —el panorama ha impresionado a Stanley—. Algunos han asegurado que estas montañas suministran aguas al Nilo.

Te preguntas si eso significa que bastará subir la montaña para encontrar el nacimiento del Nilo. Antes de poder comentarlo, oyes un ruido atronador, semejante a la caída de un árbol gigante, y luego un trompetazo agudo. A tus oídos llegan más trompetazos y ruidos de desgarrones y de caídas de árboles alrededor del campamento.

—¡Una desbandada de elefantes! —grita Stanley.

El explorador se apresura a poner a salvo a su gente. Corres tras él..., pero tropiezas. ¡Levantas la mirada y ves una pata descomunal a punto de posarse sobre ti!

¡Avanza una hora!

Pasa a la página 72.

TE reúnes con Stanley y su gente.

—El buen jefe de los ukaranga ha enviado un mensajero, que ha regresado con noticias sorprendentes —dice Stanley.

—¿Nocias de Livingstone? —te interesas.

—Noticias de que en este preciso momento está en Ujiji un anciano blanco, alto y de barba gris. ¡Tiene que ser Livingstone!

—¡Ujiji está sólo a unas pocas horas de marcha! —se entusiasma Selim.

—¡En marcha! —ordena Stanley.

Poco después os abrís paso por la densa selva y ascendéis por pendientes peligrosas.

A mediodía la expedición alcanza la orilla del inmenso lago Tanganika. La caravana de Stanley, con la bandera de los Estados Unidos, cruza estruendosamente el valle con cuernos resonantes, disparos y tamborileos ensordecedores, y entra en Ujiji como si estuviera desfilando.

Ya estaban enterados de vuestra llegada. Grupos de árabes se apresuran a recibiros. Llevan fusiles, que disparan a modo de desordenada salva. Los africanos danzan y gritan a vuestro alrededor. Un africano alto, ataviado con una larga camisa blanca, se abre paso entre el gentío, mientras los demás gritan y rodean a los recién llegados.

El africano alto se inclina ante Stanley y dice en un perfecto inglés:

—¡Buenos días, señor!

Stanley queda boquiabierto por la sorpresa.

—¿Quién...? Quería decir ¡hola! Maldita sea, ¿quién eres?

—¡Susi, señor! ¡Soy Susi, el criado del señor Livingstone!

Te agrada la cara grande y sonriente de Susi, y sus palabras son las más acogedoras que has oído.

Otro negro se reúne con Susi y se inclina ante Stanley.

—Buenos días, me llamo Chuma y soy también criado del doctor.

Selim ríe entre dientes y comenta:

—Si esto sigue así, los intérpretes como yo nos quedaremos sin trabajo.

—Bien, ahora que nos conocemos —Stanley habla con toda la serenidad de que es capaz—, será mejor que uno de vosotros se adelante y le diga al doctor que estoy a punto de llegar.

Susi echa a correr hacia el centro de la aldea antes, incluso, de que Stanley termine la frase. Chuma se abre paso entre el gentío alborozado que ha convertido en una fiesta esta visita extraordinaria, y os conduce hacia Livingstone. La caravana se dirige al claro central de la aldea. Una vez allí, los personajes más importantes de la colonia árabe saludan a Stanley, pero su mirada está fija en el anciano al que Susi guía. El hombre lleva una camisa de franela rosa, pantalón gris y gorra de marinero de tela azul con cinta dorada. Anda lenta y precavidamente, como si estuviera enfermo.

Stanley se quita el casco de explorador, como un soldado que se dispusiera a saludar a un general. El otro hombre se quita la gorra.

—Supongo que es usted el doctor Livingstone —las palabras de Stanley parecen una pregunta, como si ape-

nas pudiera creer que ha encontrado al famoso misionero.

El anciano sonríe y responde.

—Sí, soy yo.

Se estrechan las manos.

—Mi equipo y yo hemos recorrido un largo camino en su búsqueda —comenta Stanley—. El mundo ha temido por su vida.

—En mi vida han ocurrido muchas... muchas cosas, como la malaria —responde Livingstone—. Por favor, entremos en mi casa para protegernos del sol.

Livingstone os hace señas a Selim y a ti para que los acompañéis, pero Darby te obliga a apartarte.

—¿Qué pasa? —preguntas.

—Chuma dice que en la aldea hay un jefe que quiere hablar contigo.

Chuma se sitúa junto a Darby y asiente con la cabeza.

—Se trata del *Nyanza* Victoria.

—Eso significa lago Victoria —traduce Darby—. Queda al norte del lago Tanganika. Dice que está convencido de que el Nilo nace allí.

—¿En serio?

Te interesa, pero también te gustaría estar con Stanley y Livingstone. De todos modos, Stanley no ha expresado su intención de buscar el nacimiento del Nilo.

Selim te hace señas para que lo sigas, y Darby te tira del brazo en dirección contraria. La decisión depende de ti.

Vas con Darby.
Pasa a la página 34.

Sigues a Selim hasta la casa.
Pasa a la página 38.

L machete zumba junto a tu oído. Se oye un sonoro golpe seco cuando parte a la serpiente y se clava en el árbol. Todos ríen a tu alrededor. Uno de los porteadores señala al ofidio y exclama:

—¡Acabas de matar a una de las serpientes más amables de todo el Congo!

Además, has transgredido la primera regla del viaje a través del tiempo.

 **Vuelve a la página 1.**

EL aguacero tropical te ha calado hasta los huesos. Las ropas se adhieren a tu cuerpo como si tuvieran pegamento. Te encuentras en la ladera de las Montañas de la Luna, de cinco mil ciento diecinueve metros de altura, las mismas que Stanley llamó Monte Ruwenzori. Mucho más abajo divisas las minúsculas bocanadas de humo que provienen del campamento de Stanley. Parece que los expedicionarios también han sobrevivido a la desbanda de elefantes.

Mientras el agua se cuela por el borde de tu casco, piensas que no es asombroso que la llamen el Hacedor de Lluvia. Ahí arriba no hace tanto calor como en la selva. Tienes la sensación de estar tomando una ducha de agua fría.

Buscas refugio entre las piedras resbaladizas y divisas una cueva casi oculta por los matorrales.

Entras en la cueva y te quitas la mochila empapada. Es una cueva profunda y oscura. De su interior parece llegar una ligera brisa. ¡Ahí dentro podría haber algo!

**Exploras la cueva.
Pasa a la página 81.**

**Regresas a una
de las expediciones de Stanley.
Pasa a la página 12.**

PUEDE que sea un error proseguir en la expedición al Lualaba. Parece que esta fase de las exploraciones de Stanley ha llegado a su término. Antes de que anochezca, los asustados porteadores han elegido a un nuevo jefe. Ya no hacen caso de las órdenes de Selim. Muchos se quejan de debilidad y fiebre. Una sensación de agobio cunde en el campamento.

—¡Aaaaah! —grita alguien.

Una mujer se incorpora y se aparta corriendo de la fogata en dirección al río.

—¡*Bwana*! —grita— ¡*Bwana* Stanley!

¡El explorador se acerca al campamento! Todos corren hacia él, gritando entusiasmados. Stanley ha logrado llegar a la orilla.

—¡Os esperé tanto como pude! —chilla— ¿Qué fue lo que os retrasó? ¡Decídmelo de una vez! —su tono colérico no engaña a nadie. Te busca con la mirada y dice: —La pagaya me resultó realmente útil. Quiero darte las gracias. Es posible que hayas salvado mi vida... y la de la expedición.

Los tambores comienzan a sonar y los miembros de la expedición danzan ante la hoguera. Un nativo inventa una canción sobre el modo como Stanley luchó con el gran río y venció. Por vez primera te das cuenta de hasta qué punto sus seguidores adoran a Stanley y cuánto dependen de él.

Pasa a la página 90.

CUANDO estás a solas con el hechicero, te quitas el disfraz.

—¿Cómo llegaste hasta aquí? Bueno, en realidad no me importa, no me lo digas.

—Me perdí...

—Quedaste aislado de la expedición que vi hace unos días y llegaste hasta aquí en busca de ayuda.

Asientes con la cabeza. Es un buen modo de explicar tu súbita aparición.

El hechicero respira hondo.

—De todos modos, te agradezco que me digas la verdad. Durante unos segundos creí que eras algo así como un espíritu —se echa a reír.

—¿Qué es un anyota?

—Cuando hay luchas en una aldea, una persona, no se sabe quién, se convierte en el espíritu del leopardo hasta que las luchas cesan. Mientras esa persona es el leopardo, caza y mata. El leopardo se cobra víctimas mientras prosiguen las riñas y las luchas entre las familias.

—¡Es terrible! —exclamas.

—En absoluto —asegura el hechicero—. El anyota es tan admirable como misterioso.

—¿Admirable?

—Basta una, como máximo dos muertes para que toda la tribu se salve y se eviten males aún mayores. Yo diría que nuestro anyota es un espíritu positivo. Cambiando de tema, ¿qué haces aquí?

—Busco el nacimiento del Nilo —replicas.

—Te diré una cosa. Muchos de los míos y gentes de tribus vecinas creen que todos los grandes ríos de la Cuenca del Congo surgen de las aguas que bajan de las Montañas de la Luna.

—¿Las Montañas de la Luna?

—Están al norte.

—¿Y la gente que rodea la choza?

—Da la sensación de que no quieren tener más problemas. Puedes irte. Diré a los míos que el espíritu del leopardo nos ha hecho una advertencia, que ha dicho que debemos mantener la paz entre nosotros o atenernos a las consecuencias, ¡y que Anyota nos ha mostrado su faceta más cordial!

Sigues al pie de la letra las instrucciones del hechicero y todo sale bien. Segundos después te encaminas hacia el norte. A lo lejos se divisa el increíble panorama de las montañas nevadas en pleno ecuador.

¿Debes seguir adelante por estas bellas montañas a la búsqueda del origen del Nilo o regresar a la expedición de Stanley al río Lualaba?

**Continúas hacia
las Montañas de la Luna.
Pasa a la página 76.**

**Regresas a la expedición al río Lualaba.
Pasa a la página 73.**

LA ligera brisa agita las copas de los árboles, por encima de tu cabeza. Estás en un claro de una ladera de las Montañas de la Luna. En esta zona la floresta es mucho más rala. No hay nada que pueda ser el origen del Nilo, ni siquiera un hilillo de agua. Decides explorar el entorno.

Como la nieve se encuentra en las cimas de las montañas, inicias el ascenso. Poco después te detienes a recobrar el aliento y notas que unas aves grandes trazan círculos en lo alto. Una de ellas desciende paulativamente. Por fin la ves con claridad. ¡Es un buitre! Aunque sabes que los buitres no te atacarán, te ponen nervioso.

A poca distancia se abre una caverna. Es posible que en su interior estés más fresco. Y, al menos, no verás a esos pajarracos.

Estás algo inquieto. Al oír un ruido en el bosque, te pones realmente nervioso. El rugido que llega a tus oídos no te ayuda precisamente a serenarte. ¡Ahí hay algo grande y no te interesa averiguar si es o no peligroso!

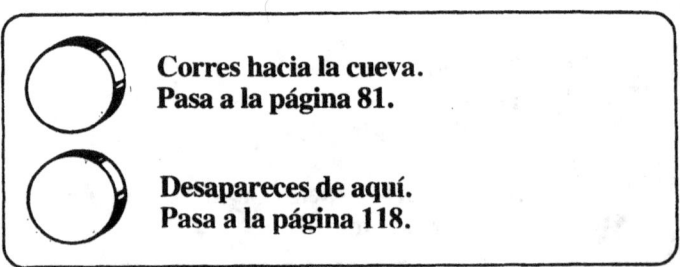

**Corres hacia la cueva.
Pasa a la página 81.**

**Desapareces de aquí.
Pasa a la página 118.**

Corre el año 1860. Estás en las afueras de la pequeña aldea de Ujiji, en la sofocante orilla del lago Tanganika. En la aldea hay una expedición. Todos sus integrantes padecen malaria, tienen llagas supurantes y padecen otras enfermedades.

Repentinamente se oye un lejano trompetazo. Suenan los tambores que anuncian la llegada de otra expedición. Cuando la caravana entra en la aldea, ves a un blanco alto y de luenga barba, con un vendaje parecido a un turbante que le cubre el ojo izquierdo. La mirada del otro ojo es vidriosa. Los porteadores que le siguen acarrean instrumentos de topografía y un equipo de cartografía.

—¡Burton! ¡Burton! ¡He vuelto! ¡He encontrado el origen del Nilo! —grita.

Otro inglés sale de una choza. Los escalofríos le hacen temblar y apenas se tiene en pie.

—¿Cómo es posible que lo haya podido demostrar en tan poco tiempo?

—¡Lo he visto con mis propios ojos!

—¡Está medio ciego!

—¡Al norte hay un lago más grande que toda Inglaterra! —grita el primer hombre.

—Si a su único ojo sano le parece tan grande, ¿cómo demonios sabe que no se trata de varios lagos? —pregunta Burton, cuyo rostro está cubierto de arrugas y cicatrices—. ¡Speke, deje de hacer el tonto!

—¡Le aseguro que el lago Victoria es el origen del Nilo!

El otro hombre ríe.

—¿Victoria? ¿Ya le ha puesto nombre a ese lago o lagos fantasmas? ¡Ni más ni menos que en honor de nuestra soberana! ¡Capitán Speke, sólo se trata de una conjetura sin demasiado fundamento, y tanto usted como yo lo sabemos!

—¿Lo sabemos, mi viejo amigo y maestro? —se burla Speke—. ¿O simplemente se trata de que prefiere creer que su descubrimiento del río, que fluye hacia el norte desde el lago Tanganika, es el Nilo? Me refiero a ese río que ni siquiera ha visto, a un río que sólo conoce por boca de los nativos.

—¡Le traje en mi expedición porque creí que era un hombre sabio y honorable! —espeta Burton—. ¿Acaso usted ha visto un río que fluya hacia el norte y salga del grandioso lago Victoria? ¿Lo ha visto con sus propios ojos?

—No... no lo vi, pero hice sondeos en el lago y la altura es superior a la del Nilo.

—¡Lo mismo puede decirse del lago Tanganika! ¡Por sí mismo, eso no demuestra nada! Nadie en Inglaterra, y menos aún la Real Sociedad de Geografía, creería una sola palabra de lo que acaba de decir. Hacen falta pruebas. La ciencia necesita evidencias, no visiones que sólo expresan deseos.

Como un chico furioso en el patio de un colegio, Speke empuja bruscamente a Burton.

—¡Sir Richard, cuando regresemos ya veremos quién cree a quién!

Es evidente que, en lugar de compañeros, los jefes de esta expedición se han convertido en rivales. ¿Por qué?

El modo colérico como Burton rechazó el descubrimiento de Speke resulta extraño, porque ni siquiera ha visto con sus propios ojos el otro lago. Tal vez no quiera verlo. Si consigue demostrar que el lago Tanganika es el nacimiento del Nilo, se llevará la gloria destinada a su descubridor. ¿Es posible que la búsqueda de la gloria los haya traído hasta aquí y los haya transformado en adversarios en lugar de amigos?

Comprendes hasta qué punto la búsqueda del Nilo ha hecho mella en la imaginación de estos hombres, en el doctor Livingstone y en toda Inglaterra.

Interrumpes bruscamente tus pensamientos cuando Burton grita:

—¡Estás aquí! ¿Quién... quién eres? ¿De dónde has salido?

—A-acabo de lle-llegar —tartamudeas.

Burton vuelca sobre ti su violento temperamento.

—¡Seguid a ese desgraciado! —ordena.

Echas a correr y te internas entre la maleza. Parece un momento adecuado para franquear la barrera del tiempo e ir a la Real Sociedad de Geografía de Inglaterra y averiguar si Speke puede demostrar su afirmación. ¡Tendrás que hacerlo deprisa, antes de que Burton te encuentre!

Avanzas varios meses hacia Inglaterra.
Pasa a la página 84.

Te internas en la oscura caverna y enciendes un fósforo. Aunque sólo ves muros de piedra húmeda, tienes la sensación de que alguien o algo te contempla.

Te vuelves inmediatamente y divisas un rostro. La llama se apaga cuando tropiezas y sueltas la cerilla. Inquieto, enciendes otra, pero no ves nada. Te incorporas y das unos pasos. ¡De pronto la luz de la llama ilumina los enormes ojos saltones que viste antes!

Se trata sólo de una talla en la roca, un rostro grotesco y ceñudo, una enorme máscara de piedra.

Del centro del rostro parten en todas direcciones líneas de húmeda arcilla roja, amarilla y verde. Las marcas son muy extrañas. Te gustaría saber si son naturales o han sido hechas por la mano del hombre. Es indudable que alguien ha realizado la talla, pero ¿qué significa?

Enciendes otra cerilla y te acercas para verla mejor. ¡Súbitamente pisas en el vacío y caes!

Das contra el fondo con un golpe seco, pero afortunadamente no sufres ningún daño. Levantas la mirada hacia el ídolo y la cueva. Seguramente has caído en una trampa para intrusos. Te sacudes el polvo, te pones en pie y enciendes otra cerilla. Entonces oyes el ruido inconfundible del agua burbujeante de que se cuela en la cueva.

Decides seguir el sonido del agua. Si procede de arriba, te permitirá salir de allí.

Divisas luz más adelante. La cueva desemboca en una cámara, una estancia con unas maravillosas estalactitas y estalagmitas. En el techo del pintoresco lugar la luz de la luna se filtra por los agujeros de la piedra.

No puedes trepar hasta lo alto por las resbaladizas estalactitas. Miras a tu alrededor y clavas la mirada en una extraña piedra que se alza en el centro de la cámara: otra máscara de piedra, demasiado pesada para que un humano se la ponga.

Te acercas y compruebas que esa máscara más pequeña es una réplica de la enorme de arriba, con las mismas líneas de diversos colores. Dos líneas parten de la boca, recorren cada mejilla y suben a la altura del rabillo de cada ojo. Otra línea desciende por el mentón hacia el suelo. Una cuarta línea sube por la nariz hasta la frente, donde hay una figura en forma de diamente.

—¿Es una especie de... de señal de tráfico? —preguntas a la cueva vacía— ¿O se trata de un laberinto?

Estás convencido de que en algún punto del extraño rostro figura la clave para salir de la cueva.

¿Podrás descifrar el mensaje de la máscara? Si lo logras, ¿te conducirá hasta el nacimiento del Nilo?

¡Te largas de aquí!
Pasa a la página 56.

Intentas descifrar el laberinto.
Pasa a la página 93.

OYES risas a tu alrededor. Estás en la Real Sociedad de Geografía de Londres... sobre el escenario, detrás del hombre situado en el podio. ¡Lo reconoces! Se trata de John Hanning Speke, que está pronunciando un importante discurso ante los miembros de la sociedad. En la primera fila del patio de butacas ves a Sir Richard Burton. Cuando oye las risas, Speke acomoda los papeles.

—Abandonaré la sala si hay otra muestra de mala educación —dice hoscamente.

En ningún momento se vuelve ni te ve abandonar el escenario, vestido con tu ropa de explorador. Los asistentes creen que se trata de una broma, que has entrado en el escenario por los cortinajes del fondo.

Una vez entre las bambalinas, ves a Speke proseguir su discurso. Se oye un solitario bravo y débiles aplausos cuando concluye su alocución, en la que explica débilmente por qué cree que el lago Victoria —lago que ningún otro blanco ha visto— es el origen del Nilo.

El público acribilla a Speke con preguntas que quizás fueron preparadas por Burton.

—¿Viajó alrededor del lago para determinar sus verdaderas dimensiones?

—¿Cómo puede estar seguro de que en la zona hay un único lago, y no varios?

—¿Encontró un río que fluyera desde el lago hacia el norte?

—¿Siguió el curso de un río de esas características?

Poco después Burton y otros miembros de la Sociedad se burlan de la espectacular afirmación de Speke.

—¡Conjeturas! —no cesa de repetir Burton.

—¡Es muy poco científico! —exclama otro de los presentes.

—Debido al peligro que suponía para nuestras vidas y, en concreto, para la de Burton, abandonamos rápidamente la región. No pudimos cartografiar todo el lago —se defiende Speke—. Pero en este momento se está formando una expedición que, bajo mi mando, regresará al lago Victoria y demostrará sin el menor atisbo de duda que el gran mar interior que ahora llamamos Victoria es el nacimiento del Nilo.

—¡Traed al otro payaso, al que va vestido de safari! —grita un hombre que está junto a Burton— Será más divertido que Speke.

Aunque algunos miembros de la Sociedad ríen, ves que otras personas, incluido un hombre al que llaman Dr. Livingstone, no se divierten con las mofas dirigidas contra Speke.

Aunque Burton no te cae demasiado bien, parece actuar correctamente al decir que Speke no ha demostrado nada. ¿Es posible que la nueva expedición de Speke demuestre que tenía razón?

Avanzas en el tiempo hasta la segunda visita de Speke al lago Victoria, en 1862. Pasa a la página 96.

Es el 30 de junio de 1960. Estás en medio de un ajetreado cruce, en una ruidosa ciudad de edificios deslumbrantemente blancos y de calles con árboles a ambos lados. Oyes radios y frenos chirriantes. Por doquier pasan coches, autobuses, taxis, motos y bicicletas.

Corres hacia el bordillo y subes a un puente. Abajo, en el río, las gabarras escupen humo de gasóleo. Oyes en lo alto un avión que está a punto de aterrizar. El cartel que hay a tu lado indica *Río Congo*.

¿Dónde están las selvas, la belleza, el misterio, la aventura?

Un hombre te hace señas para que te acerques. Viste un elegante traje azul, corbata y gorra de piel de leopardo.

—Pareces confundido. Si estás buscando la vieja África, verás que gran parte de ella sigue en pie. Te lo demostraré mientras vamos hacia el Monte Stanley —dice.

Notas que a vuestro lado se ha detenido un coche negro.

—¿Monte Stanley? —preguntas.

—¡Sí, hombre, la casa del gobierno! Soy Joseph Kasavubu, el presidente de la nueva república.

En cuanto te sientas en el coche junto al primer presidente de la independiente República del Congo, éste señala por la ventanilla hacia el río y dice: —Mira hacia abajo. ¿Has visto a los hombres de las canoas, vestidos al viejo estilo y pescando con arpones? Sí, el viejo Congo sigue existiendo en los miles de pequeñas aldeas en las que mi pueblo aún vive como nuestros antepasados, respetando los viejos ritos y las costumbres tribales.

—¡Ha habido tantos cambios, y tan aceleradamente! —comentas sorprendido.

—Así es, lo que en el mundo occidental, en Europa y en Estados Unidos tuvo lugar a lo largo de varios siglos, aquí se ha producido demasiado deprisa, en menos de cien años. Pero el Congo debe avanzar.

—¿A qué precio? ¿A cambio de la pérdida de todo lo tribal, de vuestras costumbres, de vuestras creencias y vuestras leyes?

El presidente sonríe y menea la cabeza.

—No, no sacrificaremos nuestra herencia. Los jóvenes nacidos en la ciudad siguen visitando las aldeas en las que permanecen sus antepasados vivos.

El coche serpentea Monte Stanley arriba.

—Por todas partes hay elementos que recuerdan nuestro orgulloso pasado —prosigue el presidente—. Seguimos siendo africanos.

Sonríes antes esas palabras y comentas:

—Me alegro de lo que acaba de decir.

—Por ejemplo, nuestro parlamento se basa en el viejo sistema tradicional de reyes, jefes y consejos. Así, la tradición no sólo se mantiene viva, sino que contribuye al presente —súbitamente se quita la gorra, te la entrega y pregunta: —¿Sabes qué significa? Es la Orden del Leopardo, símbolo de poder y autoridad, y el máximo honor que puede concederse a una persona. Los funcionarios de nuestro gobierno llevan la gorra de piel de leopardo porque respetamos nuestro pasado y la sabiduría de nuestros padres.

El coche se detiene y el presidente vuelve a ponerse la gorra.

—Nuestra ciudad ya no es Leopoldville, llamada así por un rey blanco de hace mucho tiempo. Ahora se llama Kinshasa, el nombre ancestral que recibe toda esta región. También ha dejado de ser el Congo belga. Por fin África es para los africanos, y debo transmitir este mensaje a mi pueblo —señala a la multitud reunida en la cercana plaza de armas—. Me ha encantado ensayar contigo mi discurso. Adiós.

Te despides del presidente Kasavubu y regresas al río. Cerca ves una estatua de Henry M. Stanley. La efigie contempla el Río Congo. No lejos de la estatua de Stanley se eleva la de un alto y orgulloso cazador nativo. Junto a ella aparecen un pescador de mirada profunda y un agricultor sonriente, ambos congoleños.

A tu espalda la multitud aclama al presidente de la nueva república que se ha lanzado al futuro. Esperas que hombres como el que acabas de conocer jamás olviden su maravillosa herencia y lo mucho que les costó obtener la independencia.

Tu visita al presidente africano ha resultado fascinante, pero no te ha permitido resolver el acertijo del Nilo. Ha llegado el momento de volver a explorar.

Pasa a la página 76.

A LA mañana siguiente la expedición sigue adelante. Antes de la puesta del sol encontráis un grupo de rápidos y cascadas que, comparados con los anteriores, parecen un juego de niños. Ni siquiera Stanley es lo bastante osado para intentar atravesarlos.

La única alternativa consiste en recoger todas las canoas, el *Lady Alice*, los suministros y las provisiones y trasladarlos por tierra a través de la densa y enmarañada selva. Ayudas a abrir una senda a machetazos, intentando no perder de vista el río serpenteante y plagado de saltos de agua. Stanley llama por su nombre geográfico a las cascadas: cataratas.

—Calculo que encontraremos otras cinco o seis cataratas importantes antes de llegar al final de nuestro viaje.

—¿Cómo sabe lo que nos espera? —inquieres.

—Tengo un mapa e instrumentos. Comprobando el punto de ebullición del agua puedo saber a qué altura sobre el nivel del mar nos encontramos, lo que también me indica lo que debemos bajar para llegar al lago Alberto.

—¿Hizo una prueba semejante en el lago Victoria?

—Sí. Comprobé que el Victoria se encuentra a una altura superior a la del nivel conocido del Nilo en Gondokoro, la última factoría a orillas del Nilo.

Recuerdas que, como el agua fluye cuesta abajo, el nacimiento del Nilo debe estar más alto que el resto del río.

—¿Y el Lualaba? —inquieres.

—En este punto también parece estar a mayor altura.

—¿Es posible que ambos den origen al Nilo?

—Es posible. Livingstone tenía la esperanza de demostrar que el Lualaba fluye en el lago Alberto, situado al oeste del Victoria, e indudablemente alimenta al Nilo. ¡Si el Lualaba desemboca en el lago Alberto, es el origen más meridional del Nilo!

—¿Y todo señala al Lualaba como origen del gran río? —preguntas.

—Dondequiera que nos conduzca, el Lualaba nos dará la respuesta sobre el origen del Nilo —dice Stanley—. Descubriremos si el Lualaba es el origen del Nilo o si, como sugieren algunos, los es el Congo. Si no fuera el nacimiento del Nilo, sabríamos que es correcta la afirmación de John Speke acerca de su descubrimiento del lago Victoria..., pese a su imposibilidad de demostrarlo.

—De un modo u otro, esta expedición resolverá el enigma, ¿no?

—Precisamente por este motivo estoy aquí —afirma Stanley convencido.

Se aleja corriendo y grita algo a los nativos. Sigues macheteando la maleza. Ahora estás seguro de encontrarte en el buen camino.

De pronto te ves rodeado de cazadores. Parece que Selim tiene problemas para entenderse con esta tribu.

—*Bwana*, son congoleños! —le grita a Stanley, que corre a ponerse al frente de la caravana.

Stanley se inclina ante el presunto jefe de los congoleños.

—Hemos llegado hasta aquí siguiendo el río. Necesitamos alimentos. Llevamos abalorios y telas que podemos cambiar por comida —le dice.

El jefe escucha la traducción con expresión poco amistosa y responde:

—¡Los blancos traen enfermedad, muerte y esclavitud!

Stanley debió de esperar que el jefe estuviera mejor dispuesto, pero la pérdida de gran parte de las provisiones de la expedición le hizo perder el control. Ante tu horrorizada sorpresa, después de oír la traducción que Selim hace de la respuesta del jefe, Stanley grita:

—¡Preparad las armas!

Cuando el jefe ve el despliegue de armas, da una orden a sus hombres para que preparen las suyas. ¡Parece que habrá combate!

Ves un árbol de tronco hueco y corres hacia él. Apenas te has ocultado, oyes disparos y gritos. Varios guerreros congoleños pasan corriendo junto al árbol hueco. Si te ven, podrían matarte. Pero si franqueas la barrera del tiempo, perderás la oportunidad de averiguar la respuesta al enigma del Nilo.

¿Qué haces?

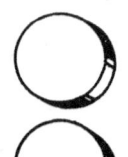

Vas a la **seguridad del lago Victoria**.
Pasa a la página 59.

Te quedas aquí.
Pasa a la página 99.

TE agachas para estudiar mejor la máscara del centro de la caverna. Con el dedo recorres la línea que atraviesa la mejilla derecha hasta el ojo del mismo lado. A continuación haces lo mismo por la izquierda. Piensas que tal vez los ojos representen dos charcos de agua, en cuyo caso se trataría de callejones sin salida.

Miras hacia el otro lado de la cavernosa estancia y ves que a tu derecha y a tu izquierda parten sendos túneles. Si la máscara es realmente un símbolo del laberinto de la cueva, la enorme y abierta estancia circular en que te encuentras tiene que ser la entrada.

Vuelves a mirar la máscara y recorres la línea amarilla que desciende por el mentón. No parece conducir a ninguna parte, salvo a la zona inferior de la máscara.

Te preguntas si representará un abismo sin fondo.

La última línea sube desde la boca, recorre el caballete de la nariz, atraviesa el entrecejo y se detiene en la frente, junto a la extraña forma de diamante.

Buscas un túnel en el centro del muro que tienes delante. Si la máscara mira al sur, tal como parece, tú quieres dirigirte al norte, hacia arriba. Si representa el sistema de túneles del interior, te diriges hacia la frente y el símbolo en forma de diamante.

Encuentras un pasillo oscuro. Pero descender no es fácil, y en algunos sitios tienes que reptar boca abajo, empujando tu equipo. Estás a punto de darte por vencido y franquear la barrera del tiempo para salir de la caverna, cuando divisas luz.

El túnel desemboca en una amplia estancia en forma de diamante, terraplenada con escalones de piedra. En el centro de la estancia se alza una enorme losa de piedra.

Comienzas a subir por los terraplenes con el propósito de salir, pero haces un alto al vez a diez nativos con expresión colérica, pintarrajeados y armados con lanzas. Permanecen de pie rodeando la estancia. Los colores que lucen en sus rostros son exactamente iguales a los de la enorme máscara de la cueva, y las líneas trazan el mismo dibujo.

Miras hacia atrás, hacia el túnel por el que llegaste, y los hombres levantan las lanzas dispuestos a clavártelas. No puedes echar a correr, y menos aún franquear la barrera del tiempo cuando tanta gente te está mirando.

Antes de que puedas decir esta boca es mía, los nativos pintarrajeados te sujetan bruscamente, te atan a un palo y te cuelgan de las manos y los pies.

Otros se llevan tus cosas. Parecen más interesados en tus provisiones que en tu persona o en el hecho de que quizás hayas violado su santuario.

Te elevan y te trasladan como si fueras un jabalí capturado. No tienes la menor idea de a dónde te conducen, pero en el trayecto no se preocupan de evitar que te golpees contra los troncos caídos.

Llegas por fin a la aldea de tus raptores. Un hombre alto y de expresión severa se acerca a ti y al grupo de los cazadores con la cara pintada. Sin decir palabra, el hombre palpa tu vestimenta de safari y contempla las provisiones que los otros se han llevado. Parece el jefe.

Repentinamente hace una señal. Cortan las cuerdas que sujetan tus manos y tus pies y caes bruscamente al suelo. Con una emplia sonrisa, el jefe te ayuda a incorporarte.

—¡Hablaremos... haremos tratos! Intercambiaremos cosas —dice— ¡Sígueme!

Te conduce a su choza.

—¡No pretendía transgredir vuestras reglas! —te defiendes— Sólo estaba buscando...

¡El jefe se ha marchado!

Ves, a través de una abertura en la puerta de tela, que está fuera. Observa tus provisiones y luego emprende el regreso a la choza.

De momento estás solo, pero no por mucho tiempo. Puedes elegir entre franquear la barrera del tiempo o quedarte y averiguar de qué quiere hablar el jefe.

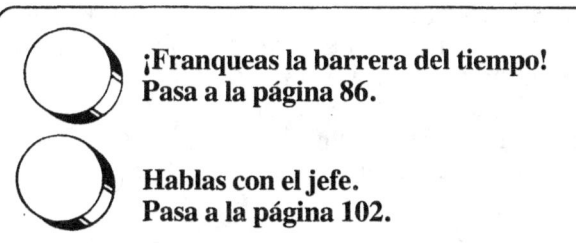

¡Franqueas la barrera del tiempo!
Pasa a la página 86.

Hablas con el jefe.
Pasa a la página 102.

VANZAS en la reta-
guardia de una caravana formada por varios centenares
de personas. Nadie repara en tu brusca aparición. El
porteador que va delante se detiene y, agotado, apoya
su carga en el suelo. Para parecerte más a los miembros
del grupo, recoges parte de la carga.

—Gracias —dice sonriente—. Me llamo Chege y soy
miembro de la tribu kikuyu.

—¿Esta es la expedición del señor John Speke?

—¿Has contraído la malaria? ¡Todos saben lo que es!

Al menos ahora estás convencido de que formas
parte de la expedición de Speke de 1862.

—¿Cuánto falta para llegar al lago Victoria?

—¡Ya lo hemos pasado! —Chege parapadea— ¿No
lo sabías?

—En ese caso, he llegado demasiado tarde para
verlo.

—Querrás decir que has estado demasiado enfermo
para ver el gran *nyanza*.

—¿*Nyanza*?

—Así decimos lago nosotros. Escucha, no pasa nada
si lo llamas Victoria, pero para nosotros es un *nyanza*
—Chege señala un río que fluye a lo lejos—. En un
primer momento el señor Speke lo llamó Cascada Ripon, pero ahora dice que es el Nilo.

—¿El Nilo? ¿El Nilo aquí?

Chege se encoge de hombros.

—No sabemos si· es el mismo río que fluye hacia el norte desde el gran *nyanza*. Ya hemos perdido de vista muchas veces ese río. Podría ser otro. ¿Quién puede saberlo? Sólo Dios puede saberlo, porque sus ojos vuelan por encima de los árboles.

—Si el señor Speke ha bordeado por completo el lago Victoria y ha encontrado un río que fluye hacia el norte, eso significa que el gran Nilo sale del Victoria.

—¡Ah! Es posible, pero no ha bordeado todo el lago. No sabe si otros ríos desembocan en este gran lago. Si así fuera, podrían provenir de otro lago, como el Tanganika. Y eso significaría que el Tanganika y no el Victoria es el nacimiento del Nilo, ¿no crees?

Lamentas comprobar una vez más que Speke es culpable de lo que Burton denominó «conjeturas». De todos modos, si la Real Sociedad de Geografía acepta su reivindicación, por muy endeble que sea, indudablemente su sello de aprobación podrá fin a la controversia sobre el Nilo.

Ahora podrías abandonar la expedición de Speke y volver a Inglaterra para averiguar de qué modo acogen sus noticias. ¿O sería mejor que abandonaras las expediciones de Speke e intentaras localizar otra vez a Stanley?

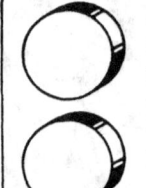

Vas a Inglaterra en 1863.
Pasa a la página 108.

Avanzas en el tiempo
hasta la exploración del lago Victoria
por parte de Stanley.
Pasa a la página 59.

En el momento en que te deslizas en el interior del tronco hueco, un joven miembro de la tribu congoleña intenta ocupar tu escondite. Choca contigo y se vuelve. Quedáis cara a cara. Os miráis hasta que el nativo sonríe.

En ese instante un disparo está a punto de romperte el tímpano. El asustado muchacho se cubre la cabeza con las manos. Te das cuenta de lo eficaces que son las armas de fuego frente a arcos y flechas.

El ruido cesa.

—Quédate aquí —dices al joven guerrero, que sólo tiene unos pocos años más que tú—. Espera a que todos se vayan.

Al salir del árbol hueco te alegras de ver que, a pesar del barullo, nadie ha muerto. Al acercarte a la retaguardia de la caravana, uno de los agitados porteadores dispara.

—¡No disparéis! ¡Soy yo! —gritas.

Otra bala zumba junto a tu oreja. Oyes un grito a tus espaldas. Lo ha lanzado el chiquillo con el que compartiste el árbol. ¡Está herido! Sus compañeros de tribu lo trasladan hasta los arbustos.

—¿Por qué no quisieron avenirse a razones? —se pregunta Stanley meneando la cabeza mientras observa a los miembros de la tribu— El doctor Livingstone siempre sostuvo que un hombre puede moverse por toda África siempre que hable con amabilidad —añade como para sí mismo.

Stanley parece haber olvidado que fue él quien desencadenó el combate ordenando a sus hombres que prepararan las armas. De todos modos, parece sinceramente apenado por lo sucedido.

—El doctor Livingstone jamás pisó esta región del África —replica Selim.

—La culpa es de los negreros —añade Stanley con pesar—. Temen a los blancos a causa de ellos, de su infame comercio y de que, dondequiera que vayan, destruyen las aldeas.

—Pero nosotros venimos en una misión de paz.

Stanley asiente y te sonríe.

—Saben que nuestras exploraciones suponen el cambio. Modificaremos su paz en este mundo sin explotar. Saben lo que sucederá en cuanto abramos caminos por el interior del África.

—¿Qué sucederá? —preguntas.

—¡Habrá transacciones, comercio! —responde— Acarrearemos las mercancías que quieren y necesitan. Están asentados sobre un tesoro ya descubierto de minerales y bienes poco comunes —sin saber qué decir, Selim y tú miráis a Stanley—. Cuando regrese a Inglaterra pediré a la reina Victoria que apoye la creación 6e centros comerciales a lo largo de este río. Si no obtengo el apoyo de Inglaterra, apelaré al rey Leopoldo de Bélgica.

—Creí que había venido a... a continuar el trabajo del doctor Livingstone y a resolver el enigma del Nilo —dices sin quitarle ojo de encima.

Stanley aparta la mirada.

—He venido para figurar entre los grandes exploradores, junto a Burton, Speke y Livingstone. ¡Claro que sí! Me he ganado ese derecho. De todos modos, la gloria es fugaz y yo soy un hombre práctico. ¡Si se trabaja correctamente, en África puede amasarse una fortuna!

—¿Y el pueblo africano? —preguntas—. Al fin y al cabo, es su tierra.

—África necesita desarrollo, nutrición, entrar correctamente en el mundo moderno —prosigue Stanley—. ¡Todo debe empezar por las factorías!

—Entretanto, volvamos al trabajo y averigüemos de una vez para siempre si el Lualaba es o no el Nilo.

No te agrada demasiado esta nueva faceta de Stanley. No es el explorador magnánimo y desinteresado que suponías. Aunque parece pensar sinceramente que sus planes son los mejores para los africanos, no pretende darles ninguna opción.

Stanley se aleja sin hacer ruido. Cuando levantas la mirada, estás solo. ¿Todos los exploradores fueron tan arrogantes como Stanley? Puedes averiguarlo o avanzar en el tiempo para saber cuáles son las consecuencias de los planes de Stanley.

Sé testigo de lo que ocurrirá en África.
Pasa a la página 86.

**Observa a John Speke
y a Sir Richard Burton.**
Pasa a la página 77.

EL viejo jefe vuelve sonriente a la choza.

—Soy el jefe Jala, un hombre importante para los míos —declara con orgullo.

Le dices amablemente cómo te llamas.

Sonríe como si le gustara.

—Los comerciantes árabes no llegan hasta aquí porque queda demasiado lejos y tienen mucho miedo, pero tú... tú no tienes miedo de venir.

Tragas saliva y mientes:

—No... no tengo miedo.

—¡Maravilloso, maravilloso! ¡Entonces podemos hablar de negocios!

—¿De negocios?

—¡Claro que sí, de negocios!

—Pero yo no tengo...

El jefe levanta la mano. Su sonrisa ha desaparecido.

—Los que están fuera quieren matarte. ¡Te encontraron en nuestro antiguo templo!

—¡Fue un error!

—¡Tendrás que entenderte conmigo!

—¿Entenderme?

—Me llevarás a un sitio donde podamos conseguir grandes cuchillos, buenas bolsas, telas y sombreros como el tuyo. Si lo haces, le diré a mi gente que te vi llegar ayer en un sueño.

—¿En un sueño?

—¡Sí! —el jefe se deja llevar por el cuento que narrará— Te vi subir al Ruwenzori y caer en la boca del Hacedor de Lluvia. Diré a mi gente que tu llegada significa algo bueno. Es una buena señal. Lo haré a cambio de las cosas de los extranjeros.

Por vez primera piensas que los instrumentos del mundo industrial no son nada provechosos para los nativos. Aunque el tráfico de esclavos es, con mucho, la peor plaga que han introducido los forasteros, estás delante de un jefe nativo dispuesto a engañar a los suyos y, quizás, a violar sus creencias con tal de conseguir mercancías industriales de Occidente.

—¿Y si su gente no le cree? —inquieres.

—Creen en Jala, siempre han creído en su jefe.

—Pero si no le creen, ¿qué me ocurrirá? —insistes.

El jefe sonríe encogiéndose de hombros.

—Entonces volverás a las montañas, al santurario... donde se hará un sacrificio en honor de los dioses del Ruwenzori.

Respiras hondo y te preguntas hasta qué punto puedes confiar en el jefe Jala.

—Creo que no tengo otra opción. Acepto su propuesta, pero es posible que el viaje hasta una factoría sea largo, larguísimo.

Decides que será mejor darle largas al asunto. Tal vez más adelante surja la posibilidad de franquear la barrera del tiempo.

—¡Trato hecho! —exclama el jefe sonriente.

Pasa a la página 109.

Te reincorporas a la expedición al Lualaba segundos después del instante en que la abandonaste en 1875. Corres para alcanzar a Stanley y a los expedicionarios. Cuando volvéis al río con las canoas, se te cae el alma a los pies. ¡Una vez más el gran río cae formando cataratas! No es posible navegar por las cascadas rocosas.

—¡Este tipo de accidente geográfico era previsible! —grita Stanley para levantar los ánimos caídos— El río desciende hasta el nivel del mar, y es lógico que haya cataratas.

Stanley hace avanzar la caravana a un paso increíble. Acarreáis rápidamente el equipo a través de la selva. El esfuerzo hace mella en los miembros de la expedición. Algunos porteadores van dando tumbos. Uno de ellos se cae. Lo observas con atención. No está muerto, sino agotado, pero temes que pronto haya muertos si no encontráis alimentos y un sitio seguro donde descansar.

De pronto la caravana se abre paso hasta el centro de una aldea que bordea el río. Encontráis más nativos del río Lualaba y durante unos instantes nadie sabe cómo reaccionar. Esta vez Stanley levanta el arma antes incluso, de intentar llegar a un acuerdo de palabra, y los demás hombres armados hacen lo propio.

Corres hacia el claro para ver qué ocurre. Segundos después ves que los nativos elevan sus lanzas. Los hombres de ambos bandos titubean y por fin se reconocen. ¡Es la aldea de cazadores en la que estuviste antes! De pronto el chico herido con el que compartiste el árbol se interpone entre ambos bandos. Cojea como si le doliera la pierna. Seguramente la herida aún no ha cicatrizado.

—¡No! —grita a los suyos y, con un ademán, te pide que te acerques.

Quieres que te unas a él para impedir el combate.

Titubeante, caminas hacia el centro del claro para interponerte entre la gente de Stanley y los aldeanos.

—¡Basta de luchas, señor Stanley! —dices— Eso es lo que quieren los nativos.

—Deponed las armas —ordena Stanley a sus hombres, que obedecen.

Al verlo, los aldeanos también dejan sus lanzas. El jefe se acerca a Stanley y se abrazan como si fueran viejos amigos.

Poco después la aldea está de fiesta, con fuegos, danzas y tambores. Los expedicionarios enfermos pueden descansar. Los nativos les ofrecen alimentos, bebidas y medicinas a base de hierbas para bajar la fiebre.

—Dígame, jefe —dice Stanley al hombre corpulento y guapo sentado junto a él ante la hoguera—, ¿cómo llama su gente al río que estamos recorriendo?

—¡*Ikutu ya Kongo!* —responde—. ¿No lo sabía?

Stanley no se inmuta.

—Sí, comenzaba a preguntarme si no era el río Congo..., pero lo que estamos buscando es el nacimiento de este río.

—¡El río Congo! —dices con pesarosa incredulidad— ¿No es el Nilo?

—Los blancos son muy extraños —añade el jefe sonriendo—. A nosotros no nos importa dónde nace un río, sino que existe y podamos usarlo.

Parece que el río Lualaba de Stanley y Livingstone ha resultado ser el tramo superior del Congo y no el origen del Nilo.

Abandonas disimuladamente las luces de la fogata y te internas en la oscura franja selvática que hay más allá de la aldea. Decides franquear la barrera del tiempo. ¿A dónde vas?

De pronto oyes que se parte una ramita y descubres un par de ojos clavados en ti. ¿Será Selim que te siguió hasta las afueras del campamento? Sabes que, si alguien te está mirando, no puedes franquear la barrera del tiempo.

Te acercas lentamente a los matorrales y apartas las hojas gigantes para ver quién anda por ahí. Los ojos de una pantera negra te contemplan. Cuando abre su inmensa boca roja, ves dos hileras de dientes grandes y afilados.

¡No pierdes un instante en franquear la barrera del tiempo!

Pasa a la página 116.

Es medianoche y estás en una esquina de Londres. Lees los titulares de un periódico: «Sir John Hanning Speke muerto a los 36 años. ¿Accidente de caza o suicidio?». El artículo está fechado el 18 de septiembre de 1864. Lo lees. Ves que citan a Burton:

Es verdad que Speke encontró una salida de su lago Victoria al visitar la llamada Cascada Ripon... Sin embargo, ¿en qué se basaba para declarar con semejante autoridad que se trataba del Nilo?

¿Siguió el río aguas abajo desde el lago hasta Gondokoro? De ninguna manera. Casi todo el tiempo marchó por tierra y, tras ver un río —cualquier río— por casualidad, concluye alegremente que se trataba del mismo torrente.

Es mucho más probable que viera no una sino varias corrientes de agua; no un lago, sino la orilla de varios lagos.

El final del artículo sostiene que el fin de la carrera de Speke como explorador estuvo salpicada de muchas «conjeturas». Llegas a la conclusión de que, sean acertadas o erróneas las conjeturas de Speke, lo cierto es que sus hallazgos no pueden considerarse definitivos.

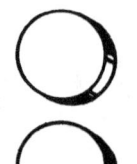

Retrocedes en el tiempo hasta el lugar donde te separaste de la expedición de Stanley al río Lualaba.
Pasa a la página 104.

Franqueas la barrera del tiempo para regresar al lago Victoria.
Pasa a la página 59.

LLEVAS al jefe Jala y a algunos de los suyos hacia el oeste, en dirección al Río Congo. Esperas volver a encontrar a Stanley o, al menos, encontrar una aldea-factoría que para esa época se haya creado en el Alto Congo. Prefieres no imaginar lo que harán contigo si no eres capaz de cumplir tu parte del trato. Salvo escapar hasta un escondite desde el cual franquear la barrera del tiempo, no ves otra posibilidad... ¡Pero tus raptores no te quitan los ojos de encima!

—Congo, Congo —repites señalando.

Ellos siguen adelante, se turnan y responden «*Kuhonga, kuhonga*», la palabra que ahora ya conoces y que en su lengua significa «mercancías». Lo mismo se repite durante varios días, hasta que pierdes la noción del tiempo... ¡Y en ningún momento te libras de sus miradas vigilantes!

De pronto llegáis a un claro y véis un gran río que corre hacia el murmullo de una aldea.

Respiras hondo, sigues adelante y gritas y agitas los brazos para anunciar tu llegada. No quieres que nadie se sorprenda y dispare contra ti o contra la gente de Jala.

—¡Hola! ¡Hola! ¿Sois ingleses?

—¡Belgas! —grita un hombre de modo de respuesta.

—¿Dónde estamos? —quieres saber.

—Acabas de encontrar Stanleyville o Kisangani, como la llaman los nativos —responde el más alto de los dos belgas—. Somos la última factoría de Stanley en toda la ruta del rey Leopoldo en el Congo. Para nosotros, los belgas, fue una suerte que los ingleses no quisieran financiar la misión comercial de Stanley a esta zona.

¡Vaya suerte!, piensas. El jefe Jala ya está ocupado negociando. Su gente mira el centro de intercambios, curiosa pero respetuosamente. Jamás han visto una choza tan grande como la que alberga la factoría. Jamás han visto tantas mercancías en un único lugar.

—Míralos —comenta el belga alto que está a tu lado, con la mirada encendida—. Es la primera vez que ven cuchillos de metal, paños europeos e incluso tenedores.

¡Ves que también ofrecen armas y alcohol a los nativos!

A partir de ahora sabrán todo lo que hay que saber de Europa y de cómo comerciar para conseguir las mercancías que desean.

Recuerdas la disposición del jefe a engañar a su gente a cambio de estas mercancías y comprendes que el progreso de las factorías en la selva también dará lugar a algunos males.

—Aquí también estamos construyendo una escuela misionera —prosigue el belga—. Algunos niños aprenderán pronto los modales europeos. Le debemos todo esto a Henry M. Stanley, y al rey Leopoldo, que lo apoyó económicamente.

—¿Con qué pueden negociar los nativos? —preguntas intrigado.

—¡Te aseguro que con muchas cosas! Cuernos de rinoceronte, colmillos de elefante, pieles de leopardo... para no hablar de varios alimentos exóticos que no se encuentran en ningún otro sitio.

—¿Los leopardos no son animales muy especiales para algunos nativos? —preguntas.

—Ah, ¿te refieres a esa comedia sobre el espíritu o el dios del leopardo? Sí, claro... pero las tribus ya comienzas a olvidar esas supercherías.

Frunces el ceño y preguntas:

—¿Dónde está ahora el señor Stanley?

—En una cruzada disparatada a la búsqueda de Emin bajá, el gobernador de Equatoria. Marcha hacia el este, rumbo al lago Victoria.

Al oír esas palabras, el otro belga apostilla:

—Hay una retaguardia que intenta alcanzar a Stanley, pero no tiene muchas posibilidades de lograrlo.

—A decir verdad, partieron de aquí... hace menos de una hora —añade el hombre alto—. Me refiero a la retaguardia.

—Si te interesa, puedes alcanzarlos —dice el otro hombre mirando la hora.

—¿En qué año estamos? —preguntas.

—Llevas mucho tiempo en la selva —comenta el hombre más alto— ¡Es el año 1889!

—¡Me daré prisa e intentaré alcanzar a la retaguardia! —gritas saludando con la mano, mientras corres en la dirección que señalan los belgas.

Pasa a la página 113.

TROPIEZAS con la retaguardia de Stanley antes de lo que esperabas, pero, al entrar en el campamento, sólo encuentras enfermedad y caos. En lugar del trabajo organizado que viste antes, los expedicionarios se limitan a deambular. No han montado todas las tiendas y casi todas las que se alzan están sólo parcialmente en pie. Los enfermos yacen en el suelo y nadie se ocupa de que los atiendan. Un chiquillo árabe te dice que el jefe de la retaguardia ni siquiera está allí.

—¿Dónde se ha metido?

—¡Está muerto!

—¿Muerto? ¿Cómo murió?

—Nos atacaron los traficantes de esclavos. Se llevaron a varios porteadores y mataron a muchos más. ¡Fue horrible!

En ese instante oyes tambores y cuernos. El chiquillo árabe echa a correr gritando:

—¡Ahora vuelven!

—¡No! —exclamas— ¡Alguien anuncia su llegada! No son los negreros.

Tu curiosidad queda compensada al ver a un Stanley mayor pero todavía fuerte que se abre paso en medio de la maleza.

—*Buala Matari!* —el débil grito surge de la garganta de los que aún son capaces de sacar fuerzas de flaqueza— ¡Es *Buala Matari*!

—¿Por qué lo llaman así? —preguntas al chiquillo árabe cuando regresa.

—Se le llama así por dos motivos.

—¿Cuáles son?

—Enseñó a los nativos que bordean el Congo el modo de construir caminos. Cuando parte rocas con su martillo gigante, los nativos gritan *Buala Matari*, que significa el que rompe piedras.

—¿El rompepiedras? —dices. Intentas imaginar a Stanley impresionando a los nativos al quebrar piedras con una almádena —¿Cuál es el otro significado? ¿Tiene algo que ver con el Nilo?

El chiquillo árabe menea la cabeza.

—¿Descubrió ese lugar?

—¿Cuál es el otro significado? —insistes.

—Algunos dicen que significa el hombre que camina sobre las montañas, porque el señor Stanley descubrió las Montañas de la Luna.

Con una sola mirada, Stanley se da cuenta de la situación que atraviesa el campamento. Le han transmitido información de lo ocurrido y parece sufrir al ver a los demás en una situación tan penosa.

—Y pensar que estas buenas personas acabaron enfermas, heridas y muertas porque buscaban un hombre que no quiere ser encontrado y del que ni siquiera se sabe si es necesario rescatarlo —comenta con pesar— ¡Nunca debí aceptar esta expedición!

—Hemos viajado desde Boma, en el Océano Atlántico —comenta contigo el chiquillo árabe—. Seguimos la ruta comercial creada por *Bwana* Stanley a lo largo del río Congo.

Stanley se fija en ti. Frunce la nariz y se queda pensativo.

—¿No te conozco? Creo recordar...

Piensas que hace más de diez años que Stanley no te ve y te apresuras a responder:

—No, señor. Quiero decir, sí, señor. Soy nuevo. Acabo de llegar de la factoría de Stanleyville. Quiero formar parte de su expedición.

—Querrás decir de la misión más desafortunada, desarticulada e inútil que en mi vida he tenido el honor o la deshonra de encabezar. En tu lugar, volvería directametne a Stanleyville para no correr riesgos.

—¡Pero tengo que encontrar el nacimiento del Nilo! —espetas frustrado.

Te mira severamente y luego suelta una carcajada.

—En ese caso, te has equivocado de lugar, porque ya lo he descubierto. Y ahora disculpa, pero debo ocuparme de mi expedición, mejor dicho de lo que queda, y llevar a estos hombres a Stanleyville.

El explorador se aleja corriendo. Se te cae el alma a los pies. Si se puede confiar en Stanley —y no tienes motivos para dudar de sus palabras—, el nacimiento del Nilo ya ha sido descubierto.

Decides retroceder en el tiempo hasta una de las expediciones anteriores de Stanley.

Retrocedes en el tiempo hasta la primera expedición. Pasa a la página 12.

Retrocedes en el tiempo hasta la segunda expedición. Pasa a la página 18.

CORRE el año 1877. Estás en una pequeña ciudad de calles de tierra, con un pequeño fuerte que da al mar. Como la mayoría de las personas son negras, piensas que estás aún en África.

Te diriges a un bar con mesas en el exterior, protegidas por unas enormes sombrillas. Algunas personas charlan mientras beben té. Ves a una mujer muy bonita a la que oyes decir:

—La última carta que me envió es de hace casi un año, pero estaba convencido de que era posible. ¡Por eso he venido, para sorprender a mi querido Henry!

Los otros ríen.

—Lady Alice, creo que ha llevado su broma demasiado lejos —comenta uno de los hombres—. Espero que ahora disfrute de su estancia en Boma.

¿Lady Alice?

Un joven africano se acerca corriendo jadeando y mostrando un gran trozo de papel plegado. Mira a su alrededor y ve que eres el extranjero más próximo. Por eso te lo entrega.

—¡*Ikutu ya Kongo*! ¡Es mi aldea! —exclama.

Lees la carta:

Aldea de Nsanda, 4 de agosto de 1877

A alguien que hable inglés en Boma.

Estimado Señor o Señora:

He llegado a este lugar desde Zanzíbar con ciento quince almas. Ahora nos encontramos al borde de la inanición. Nada podemos comprar a los nativos, porque ya no tenemos qué intercambiar.

Me han dicho que hay ingleses en Boma. Necesito quince cargas de arroz o de cereales para llenar inmediatamente nuestros estómagos, atenazados por el hambre. Si las provisiones no llega en dos días, pasaré momentos espantosos entre los moribundos.

Le suplico que no haga caso omiso de mi petición.

Cordialmente suyo,

H. M. Stanley,

Comandante de la Expedición
Angloamericana
para la Exploración del África

Corres hasta la mesa del bar esgrimiendo la nota.

—¡Lady Alice! ¡Una carta de su prometido, el señor Stanley! —gritas.

—¡Te ruego que me dejes verla! —Lady Alice toma la carta y la lee a toda velocidad— ¿Podrá llevarle los cereales a tiempo? —suplica a uno de sus compañeros de mesa— ¿Ayudará a Henry?

—Naturalmente, señora. Contactaremos con él en unas horas.

La respuesta serena a Lady Alice. Te mira a los ojos y sonríe al chiquillo nativo.

—Gracias por traer sano y salvo a mi Henry hasta el Océano Atlántico.

—¿El Océano Atlántico? —preguntas con los ojos desmesuradamente abiertos— ¿Cómo demonios descubriremos el origen del Nilo si estamos en el Océano Atlántico?

—Creo que deberías ir con mis amigos. Estoy segura de que Henry te lo explicará.

Pasa a la página 122.

UNA enorme roca gris te sirve de asiento. Cuando te incorporas, parece quejarse y ves un pelaje corto y áspero. Oyes otro bufido que parece un terremoto. ¡Estás encima de un ser vivo!

—¡Apártate! ¡Salta! ¡Deprisa! —grita alguien.

Cerca hay un hombre corpulento y barrigón. En una mano esgrime un enorme rifle para cazar elefantes y, en la otra, un casco de explorador. Bizquea para mirar a través de una lente grande y brillante, ¡un monóculo que refleja tu imagen a lomos de un rinoceronte!

—¡Por Júpiter! ¿Te has vuelto loco?

El hombre abre aterrorizado su ojo sano cuando el rinoceronte, contigo encima, lo ataca.

El cazador se detiene de espaldas al río y alza su gran rifle para apuntaros. La bestia arremete. El cazador dispara en el mismo instante en que le gritas que no lo haga. El rinoceronte se detiene en seco. Sales despedido por encima de su cabeza y de su cuerno, y aterrizas sobre el cazador. Ambos acabáis en el río. Ileso, el rinoceronte se aleja al trote.

—¡Por todos los santos, qué espectáculo! —el cazador se pone de pie buscando el rifle, el casco y el monóculo. Encuentra su lente, se la pone y te mira sonriendo de oreja a oreja—. ¡Es un deporte maravilloso! Me llamo Quimby, Sir Mortimer P. Quimby Tercero, para servirte.

—¿Ha dicho a mi servicio? ¡Estuvo a punto de matarme! —te incorporas empapado y sales del río.

—¡Puedes agradecerle a Quimby que pensara rápido y engañara a la bestia para que cargara en esta dirección! ¿Acaso has visto que me acobardara? No, ni un sólo instante, salvo cuando caíste sobre mi. No lo esperaba.

—¡Pues podría haberme disparado!

—¡Ni por asomo! Soy un tirador certero. Además, hace veinte años que Mortimer P. Quimby Tercero no dispara contra nada.

Le miras asombrado:

—¿Cuánto hace que se dedica a la caza mayor?

—Todos los Quimby nos dedicamos a la caza mayor. Procedo de una gran familia de cazadores.

Frunces el ceño y preguntas:

—¿Cuánto tiempo lleva en África?

—Casi diez años, pero nunca vi tamaña... osadía, como la que mostraste al montar a pelo el rinoceronte.

—Señor, fue totalmente accidental. Podría decir que tuve la suerte de que usted estuviera presente y... me salvara.

—¡Los Quimby no creemos en la suerte! La suerte no tiene nada que ver con esto. La bestia estaba en mi punto de mira, detenida detrás de aquel baobab, cuando apareciste tú. Te caíste del árbol, ¿no?

—¡Entonces le agüe la fiesta! —exclamas orgulloso— Impedí que matara al rinoceronte para apoderarse del cuerno.

—No tenía la menor intención de dispararle —asegura.

—Pero lo tenía en su punto de mira, y como se dedica a la caza mayor...

—Matar al animal carece de sentido. Me dedico a perseguirlo, lo rastreo, lo tengo en mi punto de mira y lo dejo en paz.

—No entiendo nada —afirmas.

—Cuando observo a través de la mira y diviso a una bestia tan hermosa, sé que puedo abatirla, pero ¿qué tiene eso de deportivo? No, el verdadero desafío está en la persecución, en la búsqueda, en el ingenio para ser más listo que la bestia, que conoce este territorio mejor de lo que yo nunca podré conocerlo.

Sonríes y asientes.

—Señor, me alegro de haberle conocido a usted y no a otro Quimby.

—¿Vendrás de cacería conmigo?

—Lo siento, pero estoy buscando algo —te disculpas.

—Lo comprendo —responde. Toma sus cosas y comienza a alejarse, pero te pregunta: —¿Qué estás buscando?

—¡Estoy buscando el origen del Nilo!

Los gruesos hombros de Quimby se estremecen de risa.

—¿Lo dices en serio? Si alguien es capaz de encontrarlo, seguro que es el valiente jinete de rinocerontes.

Segundos después el rostro sonriente y la corpulenta figura de Quimby se pierden en la maleza.

Será mejor que tú también te pongas en camino.

**Encuentras nuevamente a Stanley.
Pasa a la página 44.**

TE quedas en el bar con Lady Alice, le cuentas algunas de las aventuras de Stanley y comes algo mientras los dos hombres organizan el grupo que llevará alimentos a Stanley. Antes de una hora partes de viaje.

En este tramo el río es mucho más tranquilo que aguas arriba. El pequeño vapor alquilado por los amigos de Stanley se aleja de Boma sin dificultades. Vas a popa y miras aguas abajo. Uno de los hombres se acerca y tú le dices:

—Lady Alice mencionó el Atlántico, pero no lo he visto. ¿Está muy lejos de aquí?

—Boma se encuentra a noventa kilómetros del océano —responde al hombre—, pero el Congo es lo bastante profundo para que los grandes barcos suban por el río hasta la ciudad.

—¿Entonces este río es el Congo?

—Por supuesto, ¿qué suponías?

—Estábamos en el Lualaba buscando el nacimiento del Nilo —prosigues.

—¡El Lualaba está casi a mil seiscientos kilómetros de aquí! Y el Nilo se encuentra aún más lejos. ¡En algún punto debiste equivocarte de recodo! —el hombre se aleja riendo.

¿Tendrá razón el hombre? Habrás de esperar a que el barco llegue hasta donde está Stanley para averiguarlo. Sigues tan confundido como antes.

A lo largo de la travesía hasta la aldea, ves que el río se estrecha. Aunque no te parece tan angosto ni tan accidentado como el Lualaba, compruebas que el paisaje que bordea las orillas es prácticamente el mismo. Observas el deslizamiento del enmarañado verdor hasta que el silbido del vapor te arranca de tu ensueño.

El barco se acerca a la orilla, a la altura de una pequeña aldea. Divisas las tiendas de la expedición de Stanley en un claro lateral. La gente se acerca a averiguar a qué se debe el alboroto. En cuanto amarran el barco, los porteadores descargan los sacos de alimentos y los entregan a las personas encargadas de cocinarlos. En la puerta de la choza más grande hay dos hombres ojerosos: ¡Stanley y Selim! Corres a su lado.

—¡Hemos traído los alimentos que pidió!

Te miran azorados.

—¡De nuevo tú! —exclama Stanley—. Me gustaría saber cómo demonios... Olvídalo, me basta que hayas venido. Dime, ¿estuviste en Boma?

—Sí —respondes—. Acababa de llegar, hoy mismo, precisamente cuando llegó su mensaje.

—Lo envié esta mañana —afirma Stanley.

—*Bwana*, debemos de estar más cerca de Boma de lo que suponía —interviene Selim.

De pronto Stanley se muestra más animado.

—¡Entonces lo hemos conseguido! ¡Es la respuesta a la última pregunta!

—No comprendo —aseguras.

—Ven conmigo —propone Stanley. Con energías súbitamente recuperadas te conduce al interior de la
choza. Saca un mapa de la mochila, pero, como no hay

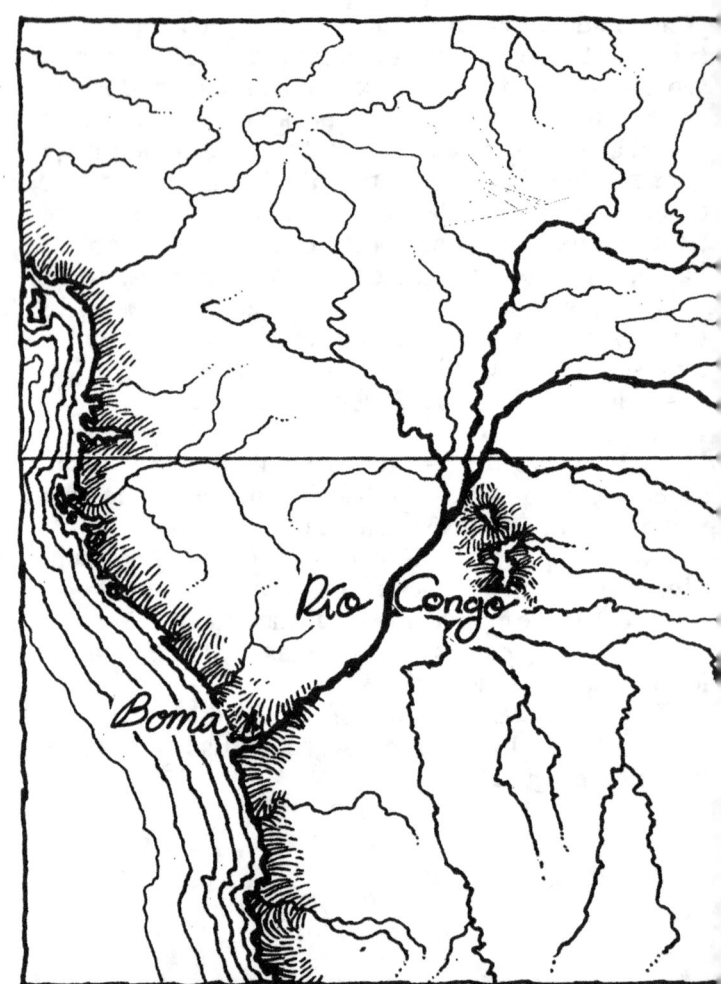

mesa, lo despliega sobre el suelo de tierra. —¿Ves este sector amplio y vacío del centro?

Ese mapa de África no muestra detalles de nada de lo que existe entre el lago Tanganika y las costas del Océano Atlántico. El Congo se interna un poco y se

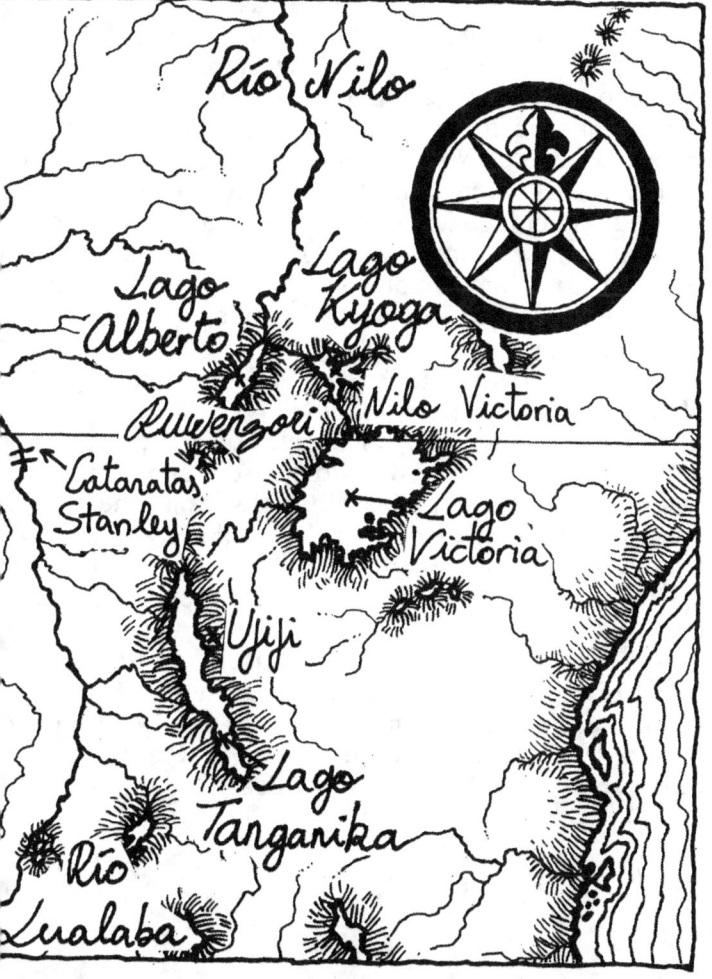

interrumpe. El Nilo baja hacia el sur desde Egipto hasta que también se interrumpe. Finalmente, ningún cartógrafo sabe dónde desemboca el Nilo. Ves el lago Victoria en el mapa, pero ninguna vía fluvial lo comunica con el Nilo.

—¡Este mapa no sirve! —exclamas.

—Por poco tiempo —dice Stanley. Despliega un mapa y se pone a dibujar—. Esta línea es el Lualaba tal como lo conoció Livingstone. Va hacia el norte por aquí. Comprobamos que el lago Tanganika no estaba conectado con el Nilo, de modo que no podía ser su fuente. Lo que denominé Nilo Victoria fluye hacia el norte desde el lago Victoria, y si el Lualaba se encontraba con el Nilo, entonces ese río tenía que ser el origen del Nilo. ¡Como en ningún momento abandonamos el Lualaba, acabamos de demostrar que es el mismo río que el Congo!

—Así es, pero sigo sin entenderlo —replicas—. ¿Dónde está el nacimiento del Nilo?

—¿No te das cuenta? ¡Acabamos de demostrar que los tramos superiores del Congo son el mismo río que el Lualaba de Livingstone! ¡Es exactamente el mismo! —se entusiasma Stanley— ¡Se trata de un triunfo demoledor!

—¿Un triunfo? —preguntas, sin comprender la dicha de Stanley.

—¡Por supuesto! Me propuse confirmar o refutar no sólo a Livingstone, sino a Speke. Siempre pensé que las conjeturas de Speke eran geniales. ¡El lago Victoria es el origen del Nilo! ¡Ahora ni siquiera la Real Sociedad de Geografía puede ponerlo en duda!

Entrecierras los ojos y observas las nuevas líneas que Stanley traza en el mapa. ¡El Lualaba se une con el Congo y atraviesa África por el oeste hasta el Atlántico! ¡El Nilo nace en el lago Victoria de Speke!

—¡Lo celebraremos esta noche! ¡Esta noche cenaremos en el consulado inglés de Boma! —grita Stanley.

Ahora comprendes que Stanley y tú tuvisteis que realizar la expedición al río Lualaba para cumplir una misión conjunta: descubrir el nacimiento del Nilo. ¡Lo habéis conseguido!

Al abandonar la cabaña para retornar a tu época, te das cuenta de que la hazaña de Stanley supone también que llevará a los aldeanos que has conocido todos los «beneficios» de la cultura occidental. Has visto lo suficiente para saber que no será fácil para los habitantes del Congo, pero abrigas la esperanza de que encontrarán el modo de combinar los mejores elementos de su cultura con los adelantos de la nueva.

MISIÓN CUMPLIDA

LISTA DE DATOS